全注全译

王楠楠 注译

世说新语品读【第二卷】

中原出版传媒集团
中原传媒股份有限公司
中州古籍出版社

六一

【原文】

殷荆州曾问远公:"《易》以何为体①?"答曰:"《易》以感②为体。"殷曰:"铜山西崩,灵钟东应③,便是《易》耶?"远公笑而不答④。

【注释】

①体:本体。《易·系辞》说:"故神无方而《易》无体。"
②感:感应。例如所谓阴阳二气交感相应而产生万物。
③"铜山"二句:据《汉书·东方朔传》,孝武帝时,未央宫前殿的铜钟无故自鸣,东方朔就说会有山崩。他说,铜是山之子,山是铜之母,母子相感,所以钟鸣。后果有南郡太守上书说山崩。又《樊英别传》载,东汉顺帝时宫殿里铜钟自鸣而蜀地山崩。
④"远公"句:《易》理精微广大,惠远难加可否,所以不答。

【译文】

荆州刺史殷仲堪曾经问惠远和尚:"《周易》以什么为本体?"惠远回答说:"《周易》用感应做本体。"殷又问:"西边的铜山崩塌了,东边的灵钟就有感应,这就是《周易》吗?"惠远笑着没有回答。

六二

【原文】

羊孚弟娶王永言女。及王家见婿,孚送弟俱往。时永言父东阳①尚在，殷仲堪是东阳女婿，亦在坐。孚雅善理义②，乃与仲堪道《齐物》③。殷难之，羊云："君四番后当得见同。"殷笑曰："乃④可得尽，何必相同。"乃至四番后一⑤通。殷咨嗟曰："仆便无以相异！"叹为新拔者⑥久之。

【注释】

①东阳：指王临之，曾任东阳太守。
②雅：很，甚。理义：理和义，这里指辨析名理的学问。
③《齐物》：《齐物论》，是《庄子》中的一篇。
④乃：而，表示上下句的连接。
⑤一：竟然，表示事情出乎意料。
⑥新拔者：后起之秀。

【译文】

羊孚的弟弟羊辅娶王永言的女儿为妻。等到王家要接待女婿的时候，羊孚亲自送弟弟一同到王家。这时王永言的父亲王临之还活着，殷仲堪是王临之的女婿，也在座。羊孚很擅长名理，便和殷仲堪谈论《庄子·齐物论》。殷仲堪反驳了羊孚的见解，羊孚说："您经过四个回合后将要见到彼此的见解相同。"殷仲堪笑着说："只能说尽，为什么一定会相同！"等到四个回合后两人见解竟然相通了。殷仲堪感慨地说："这样，我就没有什么见解跟你不同了！"并且久久地赞叹羊孚是后起之秀。

六三

【原文】

殷仲堪云："三日不读《道德经》①，便觉舌本间强②。"

【注释】

①道德经：《老子》一书后来称为《道德经》。

②间（jiàn）强：生硬。按：这句指对理论根据生疏了，才思就不敏捷，言谈就不流畅。

【译文】

殷仲堪说："三天不读《道德经》，就会觉得舌根发硬。"

六四

【原文】

提婆初至，为东亭第讲《阿毗昙》①。始发讲②，坐裁③半，僧弥④便云："都已晓。"即于坐分数四有意道人⑤，更就余屋自讲。提婆讲竟，东亭问法冈道人曰："弟子都未解，阿弥那得已解？所得云何？"曰："大略全是，故当小未精核耳。"

【注释】

①提婆：外国和尚名。东亭：王珣。《阿毗昙》：佛经名。

②发讲：初讲，宣讲开始。

③裁：通"才"，刚刚。

④僧弥：王珣的弟弟王珉，小名僧弥。按：提婆一开始就抓住了实质问题，且明畅易晓，很能启发人，所以僧弥一听便懂。

⑤数四：三四个，四五个，表约数。有意：指有意趣、有见解。

【译文】

提婆初到京都,就被请到东亭侯王珣家为他讲解《阿毗昙》。刚一开讲,座中刚有一半听众,僧弥才听到一半就说:"我已经全都懂了。"随即在座中分出几个有见解的和尚,到别的房间里自己讲解。提婆讲完后,王珣问法冈和尚道:"弟子还一点也没有理解,阿弥哪能已经理解了呢?他的心得怎么样?"法冈和尚说:"大体上都领会得对,只是不够精密翔实就是了。"

六五

【原文】

桓南郡与殷荆州共谈,每相攻难,年余后但一两番。桓自叹才思转退,殷云:"此乃是君转解①。"

【注释】

① "此乃"句:言桓玄更加了解殷氏所谈玄理,所以攻难就少了。

【译文】

南郡公桓玄和荆州刺史殷仲堪在一起谈论,经常互相辩驳诘难,过了一年多以后,辩驳少了,只有一两次。桓玄自己慨叹才思越来越倒退了,殷仲堪说:"这其实是您更加领悟了。"

六六

【原文】

文帝尝令东阿王七步中作诗①，不成者行大法②。应声便为诗曰："煮豆持作羹，漉菽以为汁③。萁在釜下然，豆在釜中泣④。本自同根生，相煎何太急⑤！"帝深有惭色。

【注释】

①文帝：魏文帝曹丕，是曹操的儿子，逼迫汉献帝让位，自立为帝。东阿王：曹植，字子建，曹丕的同母弟，天资聪敏。是当时杰出的诗人，曹操几乎要立他为太子。曹丕登帝位后，他很受压迫。一再贬爵徙封，后封为东阿王。

②大法：大刑，重刑，这里指死刑。

③"煮豆"二句：大意是：煮熟豆子做成豆羹，滤去豆渣做成豆汁。羹，有浓汁的食品。漉（lù），过滤。菽（shū），豆类的总称。

④"萁（qí）在"二句：大意是：豆秸在锅下烧，豆子在锅中哭。然，通"燃"，烧。

⑤"本自"二句：大意是：我们（豆子和豆秸）本来是同根所生，你为什么要这样紧紧逼迫！按：曹植借豆子的哭诉，讽喻胞兄曹丕对自己的无理迫害。

【译文】

魏文帝曹丕曾经命令东阿王曹植在七步之内作一首诗，如果作不出的话，就要问死罪。曹植应声便作一诗："煮豆持作羹，漉菽以为汁。萁在釜下然，豆在釜中泣。本自同根生，相煎何太急!"魏文帝听了深感惭愧。

六七

【原文】

魏朝封晋文王为公,备礼九锡①。文王固让不受。公卿将校当诣府敦喻②,司空郑冲驰遣信就阮籍求文③。籍时在袁孝尼家,宿醉扶起,书札④为之,无所点定⑤,乃写付使。时人以为神笔。

【注释】

①晋文王:司马昭,是三国时魏国人,任大将军。魏帝曹髦(máo)被迫封他为晋公(公是五等爵位的第一等),加九锡,进位相同,他假装谦让,不肯接受。曹髦气愤地说:"司马昭之心,路人皆知也。"到魏元帝景元年间,又封他为晋公,加九锡,他又辞让,于是公卿将校皆诣府喻旨,他才受命。元帝咸熙年间进爵为王,死后谥为文王。到他的儿子司马炎称帝建立晋朝时,追尊他为文帝。九锡(xī):古代天子对有大功的诸侯大臣加以九锡,即赏赐车马、衣物等九种礼物。王莽篡夺汉朝天下前,也是先加九锡,这是篡位前的一种做法。

②公卿将校:指朝廷中高级文武官吏。公卿是魏朝中央职官,中央设置诸公和诸卿,如相国、太傅、太保为上公,太常、光禄勋、太仆、廷尉等为九卿。将校是武职中的将、校尉,如骠骑将军、车骑将军、城门校尉等。敦喻:恳切劝说,实际就是劝进。

③"司空"句:司马昭辞让九锡,公卿劝进,请阮籍写劝进文,阮籍大醉,忘了写,等到大家要去拜见司马昭时,他才扶醉写出。

④札:古代写字用的小木片。

⑤点定:修改。

【译文】

魏朝封晋文王司马昭为晋公,准备颁赐给他九锡的礼物。司马昭坚决辞谢,不肯接受。朝中文武官员将要前往司马昭府第恭请接受,这时司空郑冲赶紧派人到阮籍那里求写劝进文。阮籍当时在袁孝尼家,隔宿酒醉未醒,被人扶起来,在木札上打草稿,写完,无所改动,就抄好交给了来人。当时人们称他为神笔。

六八

【原文】

左太冲①作《三都赋》初成,时人互有讥訾②,思意不惬③。后示张公,张曰:"此二京可三④。然君文未重于世,宜以经高名之士。"思乃询求于皇甫谧⑤。谧见之嗟叹,遂为作叙。于是先相非贰⑥者,莫不敛衽⑦赞述⑧焉。

【注释】

①左太冲:左思,字太冲,晋代诗人,曾用十年时间写成《三都赋》。三都指魏、蜀、吴三国国都。

②讥訾(zī):讥笑非难。

③惬(qiè):满意,舒服。

④张公:指张华,张华学识广博,勇于赴义,名重一时,曾任太常、司空。二京:指东汉班固《两都赋》和张衡《二京赋》。东汉著名文学家、科学家张衡拟班固《两都赋》作《二京赋》。两都、二京都是指汉代的东都(京)洛阳和西都(京)长安。三:用为动

词，成为三。按：这句指《三都赋》可以和《两都赋》《二京赋》鼎足而立，三者齐名。

⑤询：请教，征求意见。皇甫谧（mì）：字士安，博览群书，著有《高士传》，名望很高，晋武帝屡召为官，不就。

⑥非贰：非难，不同意。

⑦敛衽（rèn）：整理衣襟，指表示敬意。

⑧赞述：称赞传述。

【译文】

左思作《三都赋》刚完成时，当时有些人不断地加以讥笑诋毁，左思心里很不舒服。后来他把文章拿给张华看，张华说："这可以和《两都》《二京》鼎足而立。可是您的文章还没有受到世人重视，应当拿去通过名士推荐。"左思便拿去请教并恳求皇甫谧。皇甫谧看了这篇赋，很赞赏，就给赋写了一篇叙文。于是先前非难、怀疑这篇赋的人，又都怀着敬意赞扬它了。

六九

【原文】

刘伶①著《酒德颂》，意气所寄。

【注释】

①刘伶：字伯伦，竹林七贤之一，放荡不羁，以嗜酒著名，主张无为而治。

【译文】

刘伶写了一篇《酒德颂》，这是他自己的志向情趣的寄托。

七〇

【原文】

乐令①善于清言，而不长于手笔②。将让河南尹，请潘岳为表③。潘云："可作耳，要当④得君意。"乐为述己所以为让，标位⑤二百许语。潘直取错综⑥，便成名笔⑦。时人咸云："若乐不假潘之文，潘不取乐之旨，则无以成斯矣。"

【注释】

①乐令：乐广。
②手笔：文辞，文章。
③"将让"二句：乐广当时任河南尹，他想让位，便请潘岳写表。河南尹是河南郡长官，河南郡是西晋国都所在。潘岳，字安仁，早负才名，曾任著作郎等职，以善写文章著称，长于抒情，善用辞藻。表，给皇帝的奏章。
④要当：总归，必须。
⑤标位：阐述，揭示。
⑥错综：交叉编排。
⑦名笔：名作。

【译文】

尚书令乐广擅长清谈，却并不擅长写文章。他想辞去河南尹的职务时，便请潘岳替他写奏章。潘岳说："我可以写呀，不过必须知道您的意图。"乐广便给他说明自己决定让位的原因，说了二百来句话。潘岳把他的话径直拿来重新编排一番，便成了一篇名作。当时的人都说:"如果乐广不借重潘岳的文辞,潘岳不用乐广的意思,就无法写成这样优美的文章了。"

七一

【原文】

夏侯湛作《周诗》①成,示潘安仁,安仁曰:"此非徒温雅,乃别见孝悌②之性。"潘因此遂作《家风诗》。

【注释】

①《周诗》:《诗经·小雅》里有《南陔》《白华》等六篇,诗已失传,只存篇名。夏侯湛用其篇名作成诗,称为《周诗》。
②孝悌(tì):孝顺父母,敬爱兄长。

【译文】

夏侯湛写成《周诗》后,拿去给潘安仁看,潘安仁说:"这些诗不但写得温煦高雅,另外也能见出孝顺友爱的情性。"潘安仁也因此写了《家风诗》。

七二

【原文】

孙子荆除妇服①,作诗以示王武子。王曰:"未知文生于情②,情生于文?览之凄然③,增伉俪④之重。"

【注释】

①除妇服:按照礼俗为妻子服丧期满,脱去丧服。

②"未知"句：文指文章，情指思想感情。这句是说：情文相生，文与情交融在一起了，分不出哪是情、哪是文，即情文并茂。
③凄然：形容悲伤。
④伉俪（kàng lì）：夫妻。

【译文】

孙子荆为妻子服丧期满后，作了一首悼亡诗，拿给王济看。王济看后说："真不知是文由情生，还是情由文生！看了你的这首诗感到悲伤，也增加了我对夫妻情义的珍重。"

七三

【原文】

太叔广甚辩给①，而挚仲洽长于翰墨②，俱为列卿③。每至公坐，广谈，仲洽不能对；退，著笔④难广，广又不能答。

【注释】

①辩给：有口才，口齿伶俐。
②翰墨：笔墨，借指文章。
③列卿：诸卿，众卿。卿是古代高级官名。这句说明两人官位相同，而一有口才，一有文才。
④著笔：写文章。笔指散文，即不讲究韵律的文章。

【译文】

太叔广口才非常敏捷，而挚虞则擅长写文章，两人都担任卿的官职。每当官府聚会，太叔广谈论，仲洽不能对答；仲洽回去写成文章来反驳，太叔广也不能对答。

七四

【原文】

江左殷太常父子①并能言理，亦有辩讷②之异。扬州③口谈至剧，太常辄云："汝更思吾论。"

【注释】

①殷太常：殷融，字洪远，累迁吏部尚书、太常。太常是九卿之一，主管祭祀礼乐。殷融精于玄理，有时和他哥哥的儿子殷浩清谈时，就会理屈，但是一回去写成文章，他的理论又占了上风。父子：叔侄。六朝时叔侄通称为父子。
②讷（nè）：说话迟钝。
③扬州：指殷浩。

【译文】

东晋时，太常殷融和殷浩叔侄俩都擅长言谈玄理，但是两人也有能言善辩和不善于言谈之差异。扬州刺史殷浩的口头辩论是最厉害的，殷融辩不过他的时候总说："你再想想我的道理。"

七五

【原文】

庾子嵩①作《意赋》成。从子文康②见，问曰："若有意邪,非赋③之所尽;若无意邪,复何所赋④?"答曰:"正在有意无意之间。"

【注释】

①庾子嵩:庾敳(ái),字子嵩。《晋书·庾敳传》:"敳见王室多难,终知婴祸,乃作《意赋》以豁情。"《意赋》:一篇咏怀的骚体诗。意,指心意感情。

②从子:侄儿。文康:庾亮,谥号是文康。

③赋:文体的一种,有韵而句式不拘字数,像散文句式,性质在诗和散文之间。叙事成分多,抒情成分少。

④何所赋:所赋的是什么。赋,是动词,创作,作赋。

【译文】

庾子嵩写成《意赋》后,他的侄儿庾亮看见了,就问道:"如果有那样的心意呢,不是赋所能尽情表现得出来的;如果没有那样的心意呢,又写赋做什么?"庾子嵩回答说:"正是在有意和无意之间。"

七六

【原文】

郭景纯诗云:"林无静树,川无停流。"①阮孚云:"泓峥萧瑟②,实不可言。每读此文,辄觉神超形越。"

【注释】

①"林无"二句:大意是:山林中没有静止不动的树,江河中

没有停滞不前的水流。

②泓（hóng）峥：喧闹，形容流水声。萧瑟：形容风吹树木的声音。

【译文】

郭景纯有两句诗："林无静树，川无停流。"阮孚评论说："水深山高，林木萧瑟，实在不可言传。每当读到这两句，总觉得心身都超尘脱俗了。"

七七

【原文】

庾阐始作《扬都①赋》，道温、庾云："温挺义之标，庾作民之望。方响则金声，比德则玉亮。"庾公闻赋成，求看，兼赠贶②之。阐更改"望"为"俊"，以"亮"为"润"③云。

【注释】

①扬都：指建康，是扬州的首府，晋元帝建都于此。
②赠贶（kuàng）：赠送。
③以"亮"为"润"：因为"亮"字犯了庾亮的名讳，所以要改。又因"亮""望"押韵，改了"亮"字就必须改"望"字。

【译文】

庾阐开始撰写《扬都赋》，赋中称赞温峤、庾亮时说："温氏树起道义的准则，庾氏成了百姓仰慕的对象。比拟其声音，那就像铜钟的音响那样铿锵；比拟其品德，那就像宝玉一样晶莹发亮。"庾亮听说赋已经写好了,就要求看看,同时希望送给自己。于是庾阐又把其中的"望"字改为"俊"字,把"亮"字改为"润"字等等。

七八

【原文】

孙兴公作《庾公诔》①,袁羊曰:"见此张缓②。"于时以为名赏。

【注释】

①庾公诔(lěi):叙述庾亮生平事迹并表示哀悼的文章。诔是哀悼死者的一种文体。

②张缓:紧张和轻松,比喻处理政事有节奏,所谓文武之道,一张一弛。

【译文】

孙兴公写了《庾公诔》,袁羊看后说:"从文章中能看出这种一张一弛的治国之道。"在当时,人们认为这是著名的鉴赏评语。

七九

【原文】

庾仲初作《扬都赋》成①,以呈庾亮,亮以亲族之怀,大为其名价,云可三二京,四三都。于此人人竞写,都下纸为之贵。谢太傅云:"不得尔,此是屋下架屋耳,事事拟学②,而不免俭狭。"

【注释】

①"庾仲初"句:庾仲初是庾阐,字仲初,和太尉庾亮同宗族。按:这一则可与本篇第六十八则对照着看。

②屋下架屋:比喻结构、内容重复。这里指与《二京赋》《三都赋》重复。拟学:模仿。

【译文】

庾仲初写完了《扬都赋》后,把它呈送给庾亮,庾亮出于同宗亲族的情意,给予很高的评价,说它可以和《二京赋》《三都赋》等名篇比美。从此人人争着传抄,京都建康的纸张也因此涨价了。太傅谢安说:"不能这样写,这是屋上架屋呀,如果写文章处处都模仿别人,就免不了内容贫乏,视野狭窄了。"

八〇

【原文】

习凿齿史才①不常,宣武②甚器之,未三十,便用为荆州治中③。凿齿谢笺④亦云:"不遇明公⑤,荆州老从事⑥耳!"后至都见简文,返命⑦,宣武问:"见相王⑧何如?"答云:"一生不曾见此人。"从此忤旨,出为衡阳郡,性理遂错。于病中犹作《汉晋春秋》,品评卓逸。

【注释】

①史才:编撰史书的才学。

②宣武：桓温的谥号。桓温在东晋时代权势很大，累迁荆州刺史，后任大司马、大将军，逐渐总揽大权，久怀篡夺之志，故有下文所叙之事。

③治中：官名，是州郡的佐官，并主管文书。

④谢笺：答谢的信。笺是一种文体，是写给尊贵者的信。

⑤遇：遇合，指得到权贵的赏识。明公：对尊贵者的敬称，这里指桓温。

⑥从事：官名，州郡长官的下属。按：桓温在一年内把习凿齿提升三次，最后升为治中。

⑦返命：复命，执行命令后回来报告。

⑧相王：指简文帝司马昱。

【译文】

习凿齿的史学才识不同寻常，桓温非常看重他，不到三十岁，就任用他为荆州治中。凿齿在给桓温的答谢信里也说："如果不是受到阁下的赏识，我只是荆州的一个老从事罢了！"后来桓温派他到京都去见丞相，回来报告的时候，桓温问："你见了相王，觉得他怎么样？"凿齿回答说："从来不曾见过这样的人。"由此触犯了桓温，被降职出任衡阳郡太守，从此神志就错乱了。他在病中还坚持写《汉晋春秋》，品评人物、史实，见解卓越。

八一

【原文】

孙兴公云："《三都》《二京》，五经鼓吹①。"

【注释】

①五经：包括《诗经》《尚书》《周礼》《周易》《春秋》五种

经书。鼓吹：本指鼓箫等乐器的合奏，这里指宣扬、羽翼之物。原注："言此五赋是经典之羽翼。"

【译文】

孙兴公说："《三都赋》和《二京赋》是宣扬五经之作。"

八二

【原文】

谢太傅问主簿陆退①："张凭何以作母诔，而不作父诔？"退答曰："故当是丈夫之德，表于事行；妇人之美，非诔不显。"

【注释】

①陆退：张凭的女婿。

【译文】

太傅谢安问主簿陆退："张凭为什么只写悼念母亲的诔文，而不写悼念父亲的诔文？"陆退回答说："这自然是因为男子的品德已经在他的事迹中表现出来；而妇女的美德，那就非诔文不能显扬了。"

八三

【原文】

王敬仁①年十三作《贤人论》，长史②送示真长，真长答云："见敬仁所作论，便足参微言③。"

【注释】

①王敬仁：王脩，字敬仁，是王濛的儿子。
②长史：官名，这里指王濛。
③参：参悟，领悟。微言：精微的言辞，这里指玄言。

【译文】

王敬仁十三岁时写了《贤人论》，他父亲王濛把这篇文章送去给刘真长看，刘真长看后答复说："看了敬仁所写的论文，就知道他能够参悟玄言了。"

八四

【原文】

孙兴公云："潘①文烂若披锦，无处不善；陆文若排沙简金②，往往见宝。"

【注释】

①潘：指潘岳。
②陆：指陆机，字士衡，西晋时著名文学家，诗文都很有名。曾任平原内史、河北大都督。排沙简金：披沙拣金，比喻从大量的事物中挑选精华。简，选择。

【译文】

孙兴公说："潘岳的文章，如同摊开锦绣一样文采斑斓，没有一处不好；陆机的文章如同披沙拣金，常常能发现瑰宝。"

八五

【原文】

简文称许掾①云："玄度五言诗，可谓妙绝②时人。"

【注释】

①许掾：许玄度。自郭璞受清谈的影响以玄言入诗，许玄度等人便模仿，又杂入佛家语，这就成了一时风尚。诗作不问世情，取意老、庄，而简文却认为妙绝时人。
②绝：独一无二，无人能比。

【译文】

简文帝称赞司徒掾许玄度的诗说："玄度的五言诗，可以说美妙无比，超越了当时的诗人。"

八六

【原文】

孙兴公作《天台赋》成，以示范荣期，云："卿试掷地，要作金石声①。"范曰："恐子之金石，非宫商②中声。"然每至佳句，辄云："应是我辈语③。"

【注释】

①金石：指用金属和玉、石制成的钟磬之类乐器。这两句是自

夸文章之美，掷地有声。

②宫商：五音（宫、商、角、徵、羽）中的两音，指代音乐、音律。

③"应是"句：范荣期以文才自负，把自己和孙兴公看成文章高手，以为只有他们才能构思佳句。

【译文】

孙兴公写成《天台赋》后，拿去给范荣期看，并且说："你试着把它掷到地上，一定会发出金石般的声音。"范荣期说："恐怕您的金石声，是不成曲调的金石声。"可是每当看到优美的句子，总是说："这正该是我们这些人的语言。"

八七

【原文】

桓公见谢安石作简文谥议①，看竟，掷与坐上诸客曰："此是安石碎金②。"

【注释】

①简文谥议：晋帝司马昱死后，商议给他称号的奏表，建议谥为简文。议是一种文体，上给皇帝议论事情的奏表。

②碎金：比喻文学的绪余，优美的短文。按：桓温图谋篡位，又希望简文帝临终禅位给自己，事皆不成，心怀怨愤，故上文有"掷与坐上诸客"的举动。

【译文】

桓温见到谢安石所写的给简文帝谥号的奏议，看完后，丢给在座的宾客们说:"这是安石的零碎佳作。"

八八

【原文】

袁虎①少贫,尝为人佣载运租。谢镇西②经船行,其夜清风朗月,闻江渚间估客③船上有咏诗声,甚有情致,所诵五言,又其所未尝闻,叹美不能已。即遣委曲④讯问,乃是袁自咏其所作《咏史诗》。因此相要,大相赏得⑤。

【注释】

①袁虎:袁宏,字彦伯,小名叫虎。后来任谢尚的参军,累迁大司马桓温府记室参军、东阳郡太守。

②谢镇西:谢尚。据《续晋阳秋》载,谢尚当时镇守牛渚,一次乘月色微服泛舟,遇上袁虎在运租船上吟咏。

③渚(zhǔ):江边。估客:商贩。

④委曲:详尽。

⑤要(yāo):通"邀",邀请。赏得:赞赏并合得来。

【译文】

袁虎年轻时家里很穷,曾经受雇替人运送租粮。镇西将军谢尚乘船出游经过,那一夜风清月明,忽然听见江边商船上有人吟诗,很有情味,所吟诵的五言诗,又是自己过去未曾听过的,不禁赞叹不绝。随即派人去打听底细,原来是袁虎吟咏自作的《咏史诗》。因此便邀请袁虎过来,对他非常赞赏,彼此十分投合。

八九

【原文】
孙兴公云:"潘文浅而净,陆文深而芜①。"

【注释】
①"潘文"二句:参本篇第八则。

【译文】
孙兴公说:"潘岳的文章虽然浅显,可是纯净;陆机的文章虽然深刻,但是芜杂。"

九〇

【原文】
裴郎①作《语林》,始出,大为远近所传。时流年少,无不传写,各有一通②。载王东亭作《经王公酒垆下赋》③,甚有才情。

【注释】
①裴郎:裴启,字荣期(一说裴荣,字荣期),撰汉魏以来言语应对之可称述者为《语林》一书,与《世说新语》类似,已散失。
②一通:一份,一本。
③"载王东亭"句:按:"王公"为"黄公"之误。

【译文】

裴启写《语林》一书,书刚问世,就被远近的人广为传看。当时的名流和年轻人,没有谁不传抄,人人手执一卷。其中记载东亭侯王珣作《经王公酒垆下赋》一事,很有才情。

九一

【原文】

谢万作《八贤论》,与孙兴公往反,小有利钝①。谢后出以示顾君齐,顾曰:"我亦作,知卿当无所名②。"

【注释】

①"谢万"三句:《八贤论》评述屈原、贾谊等古代八个贤人,认为隐处者较优,出仕者为劣。孙兴公反驳此论,认为不能以出处定优劣。利钝,这里指胜负。

②无所名:名即命名,指无法给文章标出题目,暗示不同意《八贤论》的观点。

【译文】

谢万写了《八贤论》,并就其内容和孙兴公反复辩论,小有胜负。谢万后来把文章拿出来给顾君齐看,顾君齐说:"如果我也写这几个人,料你一定会标不出题目来。"

九二

【原文】

桓宣武命袁彦伯作《北征赋》①,既成,公与时贤②共看,咸嗟叹之。时王珣在坐,云:"恨少一句。得'写'字足韵③当佳。"袁即于坐揽笔益云:"感不绝于余心,溯流风而独写④。"公谓王曰:"当今不得不以此事推袁。"

【注释】

①"桓宣武"句:桓温曾率师北伐鲜卑族慕容氏,后粮尽退兵,故作赋记其事。袁宏(字彦伯)任桓温的记室参军时随桓温北伐。

②时贤:当代贤哲,名流。

③足韵:赋体是韵文,中间会换韵,往往是叙述完了一件事转叙另一件事时换韵。如果感到某一韵中所叙之事未尽,就加几句来补足,这叫足韵。

④"感不"二句:大意是:我心里的感触绵延不断,追慕前人遗风而抒发自己的情怀。流风,即遗风。写,抒发。

【译文】

桓温让袁彦伯写《北征赋》,赋写好以后,桓温与当时的贤士一起阅读,大家都一致赞叹写得好。当时王珣也在座,说:"遗憾的是少了一句。如果用'写'字足韵,就会更好。"袁彦伯立刻即席拿笔增加了一句:"感不绝于余心,溯流风而独写。"桓温对王珣说:"从这件事看,当今不能不因此推重袁氏。"

九三

【原文】

孙兴公道:"曹辅佐才如白地明光锦①,裁为负版绔②,非无文采,酷无裁制③。"

【注释】

①曹辅佐:曹毗(pí),字辅佐,累迁太学博士、光禄勋,喜好典籍,擅长文辞。白地:白底子。明光锦:锦的一种。

②负版:背着国家图籍的人,这些人都是差役、劳动者。绔:同"裤",指套裤。

③裁制:剪裁,比喻写文章时的取舍安排。

【译文】

孙兴公谈论到曹辅佐时说:"他的文才好像一幅白底子的明光锦,裁成了服役者穿的裤子,这不是没有文采,只是太没个剪裁了。"

九四

【原文】

袁彦伯作《名士传》成①,见谢公。公笑曰:"我尝与诸人道江北事②,特作狡狯③耳,彦伯遂以著书。"

【注释】

①袁彦伯：原本作袁伯彦，误倒。袁彦伯把三国、西晋时代的一些名人收入《名士传》。

②江北事：指晋室南渡以前的事。南渡以前，国都在江北。

③狡狯（kuài）：游戏。

【译文】

袁彦伯写成《名士传》，拿去见谢安。谢安笑着说："我曾经和大家谈论江北时期的事，那不过是说着好玩罢了，彦伯竟拿来写书。"

九五

【原文】

王东亭①到桓公吏，既伏阁下②，桓令人窃取其白事③。东亭即于阁下更作，无复向一字。

【注释】

①王东亭：王珣，封为东亭侯，曾在大司马桓温手下任主簿。

②伏阁下：在官署里。阁，官署。

③白事：报告，是文书的一种。

【译文】

东亭侯王珣到桓温那里去做掾属，他已经到了官署前，桓温派人偷走了他的报告。王珣立即在官署里重新写，没有一个字和前一报告重复。

九六

【原文】

桓宣武北征,袁虎①时从,被责免官。会须露布文②,唤袁倚马前令作。手不辍笔,俄得七纸,殊可观。东亭在侧,极叹其才。袁虎云:"当令齿舌间得利③。"

【注释】

①袁虎:即袁宏,参本篇第八十八则注①。桓温自姑孰北伐前燕,途中袁宏顶撞了桓温,所谓被责免官,可能就是因为这件事。

②会须:恰巧需要。露布文:军中不封口的文书,多指征讨的檄文或捷报。

③"当令"句:大意是:有才而官不利,文才得到东亭口头赞赏,也算于齿舌间得到点好处。

【译文】

桓温率师北伐,袁虎当时也跟随出征,因事受到桓温的责备,罢免去官职。正好急需写一份告捷公文,桓温便叫袁虎起草。袁虎靠在马旁,手不停挥,一会儿就写了七张纸,写得很好。当时东亭侯王珣在旁边,极力赞赏他的才华。袁虎说:"也该让我从齿舌中得点好处。"

九七

【原文】

袁宏始作《东征赋》,都不道陶公①。胡奴诱之狭室中②,临以白刃,曰:"先公勋业如是,君作《东征赋》,云何相忽略?"宏窘蹙③无计,便答:"我大道公,何以云无?"因诵曰:"精金百炼,在割能断④。功则治人,职思靖乱⑤。长沙之勋,为史所赞⑥。"

【注释】

①陶公:陶侃,封长沙郡公,故下文说长沙。按:《东征赋》篇末称颂了东晋诸名流。

②胡奴:陶侃的儿子陶范的小名。狭室:内室,密室。

③窘蹙(jiǒng cù):窘迫,非常为难。

④"精金"二句:大意是:精金经过千锤百炼,用来切割任何东西都能切断。在割,等于说有所切割。

⑤"功则"二句:大意是:论到他的事业,就是使人安居乐业;说到他的职责,就是想平定祸乱。功,指工作、事业。

⑥"长沙"二句:大意是:长沙郡公的功勋,是史家所赞美的。

【译文】

袁宏当初写《东征赋》时,一句话也没有提到陶侃。陶侃的儿子胡奴就把他骗到一间小屋里,拔出刀来指着他,问道:"先父的功勋业绩这样大,您写《东征赋》,为什么忽略了他?"袁宏很窘急,无计可施,便回答说:"我大大地称道陶公一番,怎么说没有写呢?"于是就朗诵道:"精金百炼,在割能断。功则治人,职思靖乱。长沙之勋,为史所赞。"

九八

【原文】

或问顾长康:"君《筝赋》何如嵇康《琴赋》?"顾曰:"不赏者,作后出相遗;深识者,亦以高奇见贵①。"

【注释】

①遗:遗弃,抛弃。见贵:贵我,推崇我。

【译文】

有人问顾长康:"您的《筝赋》和嵇康的《琴赋》相比怎么样?"顾长康回答说:"不鉴赏的人,认为它是后出的就遗弃它;鉴赏力强的人,也会因为高妙新奇而推许我。"

九九

【原文】

殷仲文天才宏赡①,而读书不甚广博。亮②叹曰:"若使殷仲文读书半袁豹,才不减班固③。"

【注释】

①宏赡:宏大而充裕。

②亮：傅亮，曾任尚书令、左光禄大夫。

③袁豹：字士蔚，曾任著作佐郎（主要职责是修撰国史），迁太尉长史、丹阳尹。博学，擅长文辞。班固：字孟坚，东汉著名历史学家，编纂《汉书》。

【译文】

殷仲文天生文才富赡，但读书并不广博。傅亮感叹说："如果殷仲文读的书能有袁豹的一半，才华就不次于班固。"

一〇〇

【原文】

羊孚作《雪赞》云："资清以化，乘气以霏①。遇象能鲜，即洁成辉②。"桓胤③遂以书扇。

【注释】

①"资清"二句：大意是：靠纯净的雨而变成雪，趁空气的流动而漫天飞扬。霏，形容雪花飘扬。

②"遇象"二句：大意是：各种景象接触到它就能鲜艳夺目，洁白的物体附上它就能熠（yì）熠生辉。

③桓胤：字茂远，官至中书令，德行高洁，以恬淡见称。

【译文】

羊孚写了一篇《雪赞》，其中说："资清以化，乘气以霏。遇象能鲜，即洁成辉。"桓胤便把这两句写在扇子上。

一〇一

【原文】

王孝伯在京行散,至其弟王睹①户前,问:"古诗中何句为最?"睹思未答。孝伯咏"'所遇无故物,焉得不速老②!'此句为佳。"

【注释】

①王睹:王爽,字季明,小名睹,官至侍中,赠太常。

②"所遇"二句:出自《古诗十九首·回车驾言迈》。大意是:一路上看到的再也不是瞩目的景物,人哪能不很快就老了呢!王孝伯借此表示对时光流逝、生死无常的感叹。

【译文】

王孝伯在京城的时候,一次走路到他弟弟王睹门前,问王睹:"古诗里头哪一句最好?"王睹在考虑,还没有回答,孝伯吟咏'所遇无故物,焉得不速老?'这句是最好的。"

一〇二

【原文】

桓玄尝登江陵城南楼,云:"我今欲为王孝伯作诔。"因吟啸①良久,随而下笔。一坐②之间,诔以之成。

【注释】

①吟啸:吟咏和吹口哨。

②一坐:坐一下,表示时间短暂。

【译文】

桓玄有一次登上江陵城城墙的南楼,说道:"我现在要为王孝伯写一篇诔文。"于是吟咏歌啸了好久,接着就动笔。只坐一会儿的工夫,诔文便写成了。

一〇三

【原文】

桓玄初并西夏①,领荆、江二州,二府,一国。于时始雪,五处俱贺,五版并入。玄在听事上,版②至,即答版后,皆粲然③成章,不相揉杂④。

【注释】

①"桓玄"句:桓玄是桓温的儿子,才华出众,文笔优美。桓温死后,袭封为南郡公,封国在广州,这就是一国。后又受任都督荆、司、雍、秦、梁、益、宁七州,后将军,荆州刺史,最后又兼任江州刺史。这就有了荆、江二州。二府指都督府和后将军府。下文的五处即指二州、二府、一国。西夏,《资治通鉴·宋纪》注:"江左六朝以荆楚为西夏",盖泛指西部一带。

②版:书写用的木简,这里指贺信,即喜雪的贺信。

③粲(càn)然:鲜明华美的样子。

④揉杂：混杂，混同。

【译文】

桓玄刚刚占据荆、雍等西部一带时，兼任荆、江两州刺史，担任两个府的长官，还袭封了一个郡国。这年初次下雪，五处官府都来祝贺，五封贺信一起送到。桓玄在官厅上，贺信一到，就在信后起草复信，每封信都下笔成章，文采斑斓，而且不相混同。

一〇四

【原文】

桓玄下都，羊孚时为兖州别驾①，从京来诣门，笺云："自顷世故睽离②，心事沦蕴③。明公启晨光于积晦④，澄百流以一源。"桓见笺，驰唤前，云："子道⑤，子道，来何迟！"即用为记室参军⑥。孟昶为刘牢之⑦主簿，诣门谢，见云："羊侯，羊侯，百口赖卿⑧。"

【注释】

①"桓玄"句：公元404年，晋帝下诏讨伐桓玄，桓玄于是率兵东下，三月攻下京都建康。别驾：官名，是刺史的佐官，总理众务。

②世故：世事，变乱。睽离：离散，阔别。

③沦蕴（yùn）：消沉郁结。

④积晦：久暗、长夜，比喻当时的世道。

⑤子道：羊孚，字子道。

⑥记室参军：官名，主管文书工作。

⑦刘牢之：刘牢之任徐州刺史，在桓玄东下时，晋室任他为前锋，代理征西将军职，以抵抗桓玄，后来他归降了桓玄。

⑧羊侯：对羊孚的敬称。百口赖卿：全家人的性命依靠你来保护。百口，比喻人口众多。

【译文】

桓玄攻下京都后，羊孚当时担任兖州别驾，从京都来登门拜访，他给桓玄的求见信上说："最近以来因为战乱分别，我也意志消沉，心情郁结。明公给漫漫长夜送来晨光，用一源澄清百流。"桓玄见到信，赶紧把他请上前来，对他说："子道，子道，你怎么来得这么晚啊！"立即任他做记室参军。当时孟昶在刘牢之手下任主簿，来登门向桓玄请罪，见了羊孚，向他求助说："羊侯，羊侯，我一家百口就托付你了。"

方正第五

【题解】

方正指正直。正直是我们民族一贯重视的优良品德,历来都得到赞美。本篇主要记载言语、行动、态度等方面表现出来的正直品质。说话、行事,坚持正确的原则,这是体现正直人品的一个重要问题。这个问题可以表现在许多方面。

首先表现在礼制方面。那个时代,由于社会生活的影响,形成了很多行为准则和道德规范,还有相应的礼节。坚持这些,才合乎礼,才算正直。例如第十七则记嵇绍为侍中,参加官吏的集会时不肯演奏乐器,认为穿着官服而去做乐工的事不合礼法;太尉王夷甫反对对方用不拘礼节的"卿"字来称呼自己,坚持要用尊称。对待无礼的言语、行动则坚决反对,义形于色。又如元方小时候对那个无信无礼的客人很不客气,"入门不顾"。特别是山涛父子的对比表现:"山公大儿著短帢,车中倚。武帝欲见之,山公不敢辞,问儿,儿不肯行。时论乃云胜山公。"山涛的儿子知道戴着轻便小帽去谒见是失礼,可是山涛没有坚持这个礼节,所以舆论界评为儿子胜过父亲。坚持忠孝,自然属于维护礼制之列,从而避讳也成了坚持忠孝的一种礼节,不能直接说出君主和尊亲的名字,如果对方无视这一点,就要以牙还牙。例如第十八则记卢志在人前直接说出陆士衡的祖父和父亲的名字,陆士衡就寸步不让，义正词严地反击。

其次是坚持实事求是地对待或处理问题，坚持正确的说法和做法而反对错误的，也不能因为受到压力或其他缘故而后退，放弃原先的主张，违心地随声附和。就算面对君主或顶头上司的错误言行，也不做任何让步，因为直言极谏正是德行大正的表现。例如第九则记和峤宁可违背晋武帝的意愿，也要坚持自己正确的看法；第二十八则记王敦的主簿何充于大庭广众之下当面反驳王敦的说法，"旁人为之反侧，充晏然神意自若"。有些人在交友上也很慎重，不可结交的就不交往。例如第六则记夏侯玄虽遭迫害入狱，处境险恶，也不肯跟廷尉的弟弟钟会结交。

当时，士族阶层的人自以为高人一等，他们恃贵而骄，看不起庶族，处处要显示自己的身份，这也被编纂者看成方正。第六则说得最明显不过了。吏部拟选王坦之任尚书郎，他自以为此职非名门贵族所宜担任的，说："自过江来，尚书郎正用第二人，何得拟我！"婚姻是一种政治联姻，更要讲究门当户对，门阀制度对此要求很严，认为士族豪门跟低于自己门第的家庭通婚是"乱伦之始"。

除此以外，刚直不阿、不信鬼神、当仁不让、义不受辱、不肯屈身事人、不受吹捧、不吹捧别人，等等，都是本篇所称道的。

一

【原文】

陈太丘①与友期②行，期日中③。过中不至，太丘舍去，去后乃至。元方时年七岁，门外戏。客问元方："尊君在不？"答曰:"待君久不至,已去。"友人便怒,曰:"非人哉!与人期行,相委④而去!"元方曰:"君与家君期日中。日中不至,则是无信;对子骂父,则是无礼。"友人惭,下车引⑤之。元方入门不顾。

【注释】

①陈太丘:陈寔。
②期:约定时间。
③日中:日到中天,中午。
④委:抛弃。
⑤引:招引,拉。

【译文】

太丘长陈寔与朋友约好时间一起外出,约定中午出发。过了中午朋友还不来,陈寔便不管他,自己走了,走后朋友才来。当时陈寔的儿子元方才七岁,正在门外玩耍。来客问元方:"令尊在家吗?"元方回答说:"家父等了您很久,见您不来,已经走了。"那位朋友便生起气来,说道:"真不是人呀!和别人约好一起走,却扔下别人不管,自己走了!"元方说:"您是跟家父约定中午走的。到了中午还不来,这就是不守信用;对着人家的儿子骂人家的父亲,这是不讲礼貌。"那位朋友听了很惭愧,就下车来拉元方。元方掉头回家,再也不回头看一眼。

二

【原文】

南阳宗世林①,魏武同时,而甚薄其为人,不与之交。及魏武作司空②，总朝政，从容问宗曰："可以交未？"答曰："松柏之志犹存。"世林既以忤旨见疏③，位不配德。文帝兄弟每造④其门，皆独拜床下⑤。其见礼如此。

【注释】

①宗世林：宗承，字世林，以德行为世所重。曹操年轻时，想和他结交，遭到拒绝。

②司空：官名，是三公之一。曹操在汉献帝建安元年（公元196年）为司空，总揽朝政。

③见疏：被疏远。曹操后来只是在礼节上厚待宗世林，但是压低他的官职。

④文帝兄弟：指曹操的儿子曹丕、曹植等。曹丕为魏文帝。造：前往，到。

⑤床下：坐床前。

【译文】

南阳郡人宗世林，是和魏武帝曹操同时代的人，他很看不起曹操的为人，不肯与曹操结交。等到曹操做了司空，总揽朝廷大权的时候，曾经安闲地问宗世林："现在可不可以结交呢？"宗世林回答说："我的松柏一样的意志还没有变。"宗世林因为不合曹操心意被疏远以后，官职很低，和他的德行不相配。但是曹丕兄弟每次登门拜访，都是以晚辈的身份，特别在他的坐床前行拜见礼。他就是这样地受到尊敬。

三

【原文】

魏文帝受禅,陈群有戚容①。帝问曰:"朕应天受命②,卿何以不乐?"群曰:"臣与华歆服膺先朝③,今虽欣圣化④,犹义形于色。"

【注释】

①受禅(shàn):接受禅让帝位,指曹丕登位称帝。公元220年农历正月,曹操死,其子曹丕继位为汉丞相。十月,曹丕废汉献帝为山阳公,自称皇帝。陈群:字长文,东汉末,曹操召他为司空西曹掾属,后迁御史中丞,曹丕即帝位后,迁尚书令。戚容:忧伤的神色。

②应天受命:指登帝位。帝王都认为自己是顺应天意、接受天命而登位的。

③华歆:字子鱼,曹操召他为议郎,后任尚书令、御史大夫。建安十九年(公元214年)秉承曹操意旨领兵入宫收杀皇后伏氏,灭其族。曹丕即帝位后,迁为司空。服膺先朝:指不忘汉朝。两人都当过汉朝的臣子,要表示不忘汉室之恩。服膺,谨记在心中。

④圣化:圣人的教化,这里指盛世。按:陈、华二人一直依附曹魏,当然不会对汉朝的灭亡感到痛心疾首。这里所说的话有说是其子孙、门客的附会。

【译文】

魏文帝称帝,陈群面带愁容。文帝问道:"我顺应天命登上帝位,你为什么不高兴呢?"陈群回答说:"臣和华歆铭记先朝,现在虽然欣逢盛世，但是怀念故主恩义的心情，还是不免要流露出来。"

四

【原文】

郭淮作关中都督①，甚得民情，亦屡有战庸②。淮妻，太尉王凌③之妹，坐凌事④当并诛。使者征摄⑤甚急，淮使戒装⑥，克日⑦当发。州府文武及百姓劝淮举兵，淮不许。至期，遣妻，百姓号泣追呼者数万人。行数十里，淮乃命左右追夫人还，于是文武奔驰，如徇身首⑧之急。既至，淮与宣帝书曰："五子哀恋，思念其母。其母既亡，则无五子；五子若殒，亦复无淮。"宣帝乃表，特原淮妻。

【注释】

①郭淮：字伯济，魏朝时任雍州刺史，齐王曹芳嘉平元年（公元249年）迁征西将军，都督雍、凉诸军事，在关中（今陕西省）三十多年，功绩显著。都督：官名，地方军政长官。

②战庸：战功。庸，功劳。

③王凌：历任司空、太尉。密谋废立，司马懿当时为魏朝大将军（晋朝时追尊为宣帝），亲自领兵讨伐，王凌自杀。

④坐凌事：因王凌事获罪。

⑤征摄：收捕。

⑥戒装：准备行装。

⑦克日：定期。

⑧徇：谋求。身首：这里指性命。

【译文】

郭淮担任关中都督期间,深得民心,也常立战功。郭淮的妻子,是太尉王凌的妹妹,因为王凌犯罪事受株连,应当一起处死。派来逮捕她的官吏要人要得很急,郭淮让妻子准备好行装,限定日子就要上路。州和都督府的文武官员和百姓都劝说郭淮起兵反抗,郭淮不同意。到期打发妻子上路,百姓号啕痛哭,一路跟着呼唤不舍的有几万人。走了几十里路后,郭淮到底还是叫手下的人去把夫人追回来,于是文武官员飞跑传命,好像救自家性命那么急。夫人追回来以后,郭淮写了封信给宣帝司马懿说:"五个孩子哀痛欲绝,恋恋不舍,思念他们的母亲。如果他们的母亲死了,我就会失去五个孩子;五个孩子如果死了,也就不再有我郭淮了。"司马懿于是上表魏帝,特准赦免了郭淮的妻子。

五

【原文】

诸葛亮之次渭滨,关中震动①。魏明帝深惧晋宣王战,乃遣辛毗为军司马②。宣王既与亮对渭而陈③,亮设诱谲④万方,宣王果大忿,将欲应之以重兵。亮遣间谍觇⑤之,还曰:"有一老夫⑥,毅然仗黄钺⑦,当军门立,军不得出。"亮曰:"此必辛佐治也。"

【注释】

①"诸葛亮"二句:诸葛亮任蜀汉丞相,东联孙吴,数次北伐曹魏。公元234年出兵于渭水南五丈原攻魏,魏遣大将军司马懿领

兵防御。蜀兵远来，利在急战，司马懿却屯兵以候其变。八月，诸葛亮死，汉兵退。次，指临时驻扎。

②魏明帝：曹叡（ruì），魏文帝曹丕的儿子。诸葛亮伐魏正是他在位的时候。晋宣王：司马懿。魏咸熙元年（264）晋国初建，追尊他为宣王；他的孙子司马炎建立晋朝，又追尊他为宣帝。辛毗（pí）：字佐治，任行军司马，将军府的官员，平时总理事务，作战时负参谋之责。按：《魏志·辛毗传》"明帝……乃以毗为大将军军师，使持节"，则是军师。

③陈：通"阵"，排列成阵。

④诱谲（jué）：诱惑欺诈。按：司马懿以前曾多次与诸葛亮交锋，司马懿害怕战败，不敢出战，想拖垮诸葛亮。据说诸葛亮送他妇女戴的头巾，欲激他出战，他只好故意向朝廷请战以张声势。魏明帝懂得他的用意，也怕战败，就派辛毗持君命来阻止，其中也有为司马懿遮羞之意。

⑤觇（chān）：侦察。

⑥老夫：老年男子。

⑦黄钺（yuè）：用黄金装饰的斧，是帝王赐给主管征伐的重臣的。这里表明辛毗奉命监军。

【译文】

诸葛亮率军驻扎在渭水南岸，关中地区人心震动。魏明帝非常害怕晋宣王司马懿出战，便派辛毗去担任军司马。司马懿和诸葛亮隔着渭水列成阵势以后，诸葛亮千方百计地诱骗司马懿出战，司马懿果然非常愤怒，就打算用重兵来对付诸葛亮。诸葛亮派间谍去侦察他的行动，回报说："有一个老人拿着金斧，坚定地面对军营门口站着，军队都出不来。"诸葛亮说："这一定是辛佐治呀。"

六

【原文】

夏侯玄既被桎梏①,时钟毓为廷尉②,钟会③先不与玄相知,因便狎④之。玄曰:"虽复刑余之人⑤,未敢闻命⑥!"考掠初无一言,临刑东市⑦,颜色不异。

【注释】

①夏侯玄:字太初,魏齐王曹芳时任太常,为九卿之一,主管礼仪祭祀之事。当时司马师以大将军辅政,后中书令李丰因司马师专权,密谋以夏侯玄代替他,事泄,李丰被杀,夏侯玄被捕交廷尉审理,随后被杀。桎梏(zhì gù):脚镣和手铐;拘捕。

②廷尉:官名,九卿之一,掌管诉讼刑狱之事。

③钟会:是钟毓的弟弟。钟会因夏侯玄为名士,曾经想结交他,夏侯玄拒绝了。当钟毓审理夏侯玄案件时,钟会在座。

④狎(xiá):亲近而不庄重。

⑤刑余之人:受过刑的人。

⑥闻命:听从命令。这里说未敢闻命,意即不愿与之交往。

⑦东市:行刑的地方,法场。汉代在长安东面的市场行刑,故后代通称法场为东市。

【译文】

夏侯玄被逮捕后,当时钟毓担任廷尉,他弟弟钟会先前和夏侯玄并没有什么交情,这时趁机轻侮夏侯玄。夏侯玄说:"我虽然是罪人,也还不敢遵命!"经受刑讯拷打,始终不出一声,临到解赴法场行刑，也依然面不改色。

七

【原文】

夏侯泰初与广陵陈本善[①]。本与玄在本母前宴饮，本弟骞行还，径入，至堂户。泰初因起曰："可得同，不可得而杂[②]。"

【注释】

①夏侯泰初：即夏侯太初、夏侯玄。陈本：字休元，曾任郡守、廷尉，迁镇北将军。弟弟陈骞，字休渊，当时还年轻，任中领军（掌管卫兵）。

②"可得"二句：夏侯玄因为和陈本友好去拜见其母，当时陈骞的年龄、德位都不如夏侯玄，他想和夏侯玄交往，就应该先登门拜访。陈骞回家和夏侯玄相见，不合乎礼，所以夏侯玄说："可得同，不可得而杂。"结果陈骞退出来了。

【译文】

夏侯泰初与广陵郡人陈本是好朋友。当陈本和夏侯一起在母亲面前喝酒时，陈本的弟弟陈骞外出回家，一直进到堂屋门口。于是泰初站起来说："相同的事可以一起办，不同的事不能混杂在一起办。"

八

【原文】

高贵乡公①薨,内外喧哗。司马文王问侍中陈泰曰:"何以静之?"泰云:"唯杀贾充以谢天下。"文王曰:"可复下此不?"对曰:"但见其上,未见其下。"

【注释】

①高贵乡公:指曹髦(máo),是魏文帝曹丕的孙子。未登位时封为郯县高贵乡公。大将军司马师废魏齐王曹芳后,立他为帝。他在位时,司马昭继承哥哥司马师的职位,专国政,自为相国,曹髦想除掉他,反被司马师的党羽贾充率兵杀死。

【译文】

高贵乡公被杀后,朝廷内外议论纷纷。文王司马昭问侍中陈泰说:"用什么办法才能使舆论平静下来呢?"陈泰说:"只有杀掉贾充来向天下人谢罪。"司马昭说:"可以不可以再考虑一个比这轻一些的处理办法呢?"陈泰回答说:"我只知道有比这更重的,不知有比这更轻的。"

九

【原文】

和峤①为武帝所亲重,语峤曰:"东宫②顷似更成进,卿试往看。"还,问:"何如?"答云:"皇太子圣质③如初。"

【注释】

①和峤:字长舆,任侍中,迁中书令。多次向晋武帝司马炎谈起担心太子不能继承国家大业,武帝不以为然。

②东宫:太子居住的宫室,这里用来称太子。

③圣质:资质。"圣"字是敬辞。

【译文】

和峤为晋武帝所亲近器重的人,有一次武帝对和峤说:"太子最近好像更加成熟、长进了,你试去看看。"和峤去了回来,武帝问他怎么样,和峤回答说:"皇太子资质同以前一样。"

一〇

【原文】

诸葛靓①后入晋,除大司马②,召不起③。以与晋室有仇,常背洛水而坐。与武帝有旧,帝欲见之而无由,乃请诸葛妃④呼靓。既来,帝就太妃间相见。礼毕,酒酣,帝曰:"卿故复忆竹马之好⑤不?"靓曰:"臣不能吞炭漆身⑥,今日复睹圣颜。"因涕泗百行。帝于是惭悔而出。

【注释】

①诸葛靓(jìng):三国时在吴国做官,吴亡后,到晋国首都洛阳。因为他父亲诸葛诞被晋武帝的父亲司马昭杀了,所以不肯在晋室做官。回到家乡,终身不向朝廷所在的方向坐着。

②除：授官，任命。大司马：官名，八公之一。

③起：出任。

④诸葛妃：指司马懿的儿子琅邪王的王妃，晋武帝的婶母，诸葛靓的姐姐。

⑤竹马之好：比喻儿童时代的交情。竹马，儿童用来当马骑的竹竿。

⑥吞炭漆身：比喻为父报仇。据《史记·刺客列传》载，春秋末年，晋国的大夫赵襄子灭了智伯，智伯的家臣豫让便要杀赵襄子来给智伯报仇。赵襄子用漆涂身，使身上长癞疮，以改变形貌；吞炭弄坏嗓子，使声音沙哑。毁容变音，使人不识，再去报仇。

【译文】

诸葛靓后来到了晋朝首都洛阳，被任命为大司马，他却不肯应召赴任。因为他与晋室有杀父之仇，常常背对洛河的方向坐着。他和晋武帝有旧交情，武帝很想见他，却又找不到缘由，就请婶母诸葛太妃招呼诸葛靓来。来后，武帝到太妃那里和他见面。行礼后就喝酒，喝到痛快的时候，武帝问："你还记得我们小时候的交情吗？"诸葛靓说："臣不能吞炭漆身，今天又看到了圣上。"说完便涕泪交流。武帝于是既惭愧又懊悔地退了出去。

——

【原文】

武帝语和峤曰："我欲先痛骂王武子①，然后爵之。"峤曰："武子俊爽，恐不可屈。"帝遂召武子，苦责之，因曰："知愧不？"武子曰："尺布斗粟之谣②，常为陛下耻之！它人能令疏亲③，臣不能使亲疏。以此愧陛下。"

【注释】

①王武子：王济，字武子，累迁侍中。晋武帝曾命弟弟齐王司马攸离开京都回到封国去，王济极力劝谏，触怒了武帝，因此被责，并降职为国子祭酒。按：和峤是王济的姐夫，所以武帝对和峤说这样的话。

②尺布斗粟之谣：比喻兄弟不和。据《史记·淮南衡山列传》载，汉文帝的弟弟淮南王刘长谋反，汉文帝把他流放到蜀郡，途中绝食而死。后来有首民歌唱道："一尺布，尚可缝；一斗粟，尚可舂。兄弟二人，不能相容。"汉文帝和淮南王是兄弟，晋武帝和齐王也是兄弟，所以王济引用了这首民谣来讽刺他。

③"它人"句：《晋书·王济传》作"他人能令亲疏，臣不能使亲亲"，是从正面说；这里却是说的反话，意谓未能顺从武帝意旨变亲为疏，所以有愧，讽刺武帝不听劝谏，疏远手足兄弟。

【译文】

晋武帝对和峤说："我要先痛骂王武子一顿，然后再给他封爵位。"和峤道："武子才智出众，性情直爽，恐怕不能使他屈服。"武帝于是召见武子，狠狠地责骂了他，然后问道："你知道羞愧了吗？"王武子说："想起尺布斗粟的民谣，经常替陛下感到羞愧。别人能让关系疏远的人亲近起来，臣却不能使关系亲近的人变得疏远。就因为这一点对陛下有愧。"

一二

【原文】

杜预①荆州，顿七里桥②，朝士悉祖③。预少贱，好豪侠，不为物所许。杨济④既名氏雄俊,不堪,不坐而去。须臾,和长舆来,问:"杨右卫何在?"客曰:"向来,不坐而去。"长舆曰:"必大夏门⑤下盘马。"往大夏门,果大阅骑。长舆抱内⑥车,共载归,坐如初。

【注释】

①杜预:字元凯,累迁河南尹,为镇南将军,都督荆州诸军事,镇守襄阳。杜预出身名家,其父与司马懿不和,被弹劾下狱,并免为庶人。杜预后来娶司马昭妹妹为妻,才出任尚书郎。

②顿:停留。七里桥:在洛阳城东,京都士人送往迎来,常在此处。

③祖:饯行的一种隆重仪式,祭路神后,在路上设宴送行。

④杨济:字文通,累迁太子太傅、右卫将军。杨济是晋武帝司马炎的妻子武悼皇后的叔父,与杜预都是晋室的外戚。虽然杜预功名比杨济高,杨济却认为杜预是罪人之子,不愿与之同坐。

⑤大夏门:洛阳的一座城门楼。

⑥抱内:抱持放入。内,通"纳"。

【译文】

杜预到荆州赴任,屯驻到七里桥,朝廷人士全都来到这里为他饯行。杜预年轻时家境贫贱,却喜欢当豪侠之士,得不到大家的赞许。杨济既是名门中的杰出人物,忍受不了这种场面,不落座就走了。一会儿,和长舆来了,问:"杨右卫在哪里?"有位客人说:"刚才来了,没坐一坐就走了。"和长舆说:"一定是到大夏门下骑马游乐去了。"便到大夏门去,果然是在那里观看大规模的兵马操练。长舆便搂住他拉到车上,一起坐车回到七里桥,好像刚来那样入座。

一三

【原文】

杜预拜镇南将军,朝士悉至,皆在连榻①坐。时亦有裴叔则。羊稚舒②后至,曰:"杜元凯乃复连榻坐客!"不坐便去。杜请裴追之,羊去数里住马,既而俱还杜许。

【注释】

①连榻:榻分独榻和连榻,坐独榻为尊,坐连榻则否。

②羊稚舒:羊琇,字稚舒,也是晋室的外戚。同上一则所说的杨济一样,都是恃贵而骄之辈。

【译文】

杜预担任镇南将军时,朝廷的官员们都来庆贺,大家都在连榻上落座。当时在座的也有裴叔则。羊稚舒后来才到,说:"杜元凯竟然用连榻待客!"不落座就走了。杜预请裴叔则去追他回来,羊稚舒骑马走了几里地才停下,不久两人一起回到杜预家。

一四

【原文】

晋武帝时,荀勖为中书监,和峤为令①。故事②,监、令由来共车。峤性雅正③,常疾勖谄谀④。后公车来,峤便登,正向前坐,不复容勖。勖方更觅车,然后得去。监、令各给车自此始。

【注释】

①中书监、令:晋代设中书监和中书令,是中书省的长官,掌管机要。监和令是同等的,不过监在令之前。

②故事:前代的制度,成例。

③雅正:正直。

④疾:厌恶,憎恨。谄谀:谄媚阿谀,巴结奉承。

【译文】

晋武帝时,荀勖(xù)担任中书监,和峤担任中书令。按照惯例,监和令向来同坐一辆车上朝。和峤本性正直,一向憎恶荀勖那种阿谀逢迎的作风。后来每逢官车来接他们上朝,和峤便上车,坐在正中间,一动不动向前看着,不再给荀勖留出位子。荀勖还要另外找一辆车,然后才能走。监和令分别派车,就是从这时开始的。

一五

【原文】

山公大儿著短帢①,车中倚。武帝欲见之,山公不敢辞,问儿,儿不肯行。时论乃云胜山公②。

【注释】

①短帢(qià):一种轻便小帽。戴帢帽见客,是一种不讲究礼节的做法。

②"时论"句：山公大儿戴的是便帽，所以不肯去见皇帝，而山涛却不敢替他辞谢。时论便以为胜山涛。

【译文】
　　山涛的长子戴着一顶便帽，正靠在车中。晋武帝想召见他，山涛不敢替他推辞，就出来问儿子的意见，他儿子不肯去。当时的舆论就说这个儿子胜过山涛。

一六

【原文】
　　向雄为河内主簿①，有公事不及雄，而太守刘淮横怒，遂与杖遣之。雄后为黄门郎②，刘为侍中，初不交言。武帝闻之，敕雄复君臣之好③。雄不得已，诣刘，再拜曰："向受诏而来，而君臣之义绝，何如？"于是即去。武帝闻尚不和，乃怒问雄曰："我令卿复君臣之好，何以犹绝？"雄曰："古之君子，进人以礼④，退人以礼；今之君子，进人若将加诸膝，退人若将坠诸渊。臣于刘河内，不为戎首⑤，亦已幸甚，安复为君臣之好？"武帝从之。

【注释】
　　①河内主簿：河内郡的主簿。河内郡在今河南省黄河以北。按：《晋书·向雄传》载，太守刘毅以非罪罚向雄杖刑，后来吴奋为太守，又因事下向雄于狱。司隶钟会于狱中调向雄为都官从事。
　　②黄门郎：官名，也称黄门侍郎，职责为侍从皇帝，传达诏命。与侍中同为宫内近侍官，不过侍中是加官，无定员。侍中和黄门郎

俱管门下省众事。

③君臣之好：上下级的和睦关系。

④"古之"二句：摘自《礼记·檀弓下》。君子指达官贵人。进是推荐、提拔。下句退是撤职、降职。

⑤戎首：指挑起争端的人。

【译文】

向雄担任河内郡主簿时，有一件公事本来与他毫无关系，可是郡太守刘淮为这事大为震怒，便对他动了杖刑，并且革了他的职。向雄后来调任黄门郎，刘淮任侍中，两人虽在同一衙门，却从来不交谈。晋武帝听说这件事，便命令向雄恢复两人原有的上下级和睦关系。向雄不得已，就到刘淮那里，行再拜礼后说："刚才奉皇上的命令而来，可是我们之间的上下级恩义已经断绝了，怎么办？"说完，马上就走了。武帝后来听说两人还是不和，就生气地问向雄："我命令你恢复旧时的和睦关系，为什么还要绝交？"向雄说："古时候的君子，按礼法举荐官员，也按礼法贬黜官员；现在的君子，举荐人家时就像要抱到膝上那么亲，贬黜人家时就像要推下深渊那样狠。臣下对刘河内如果不去挑起争端，那也就幸运得很了，怎么还能修复旧有的上下级关系呢？"晋武帝听后，就不再勉强他了。

一七

【原文】

齐王冏①为大司马，辅政，嵇绍为侍中，诣冏咨事。冏设宰会②，召葛旟、董艾等共论时宜③。旟等白冏："嵇侍中善于丝竹，公可令操之。"遂送乐器，绍推却不受。冏曰："今日共为欢，卿何却邪？"绍曰："公协辅皇室，令作事可法。绍虽官卑，职备常伯，操丝比竹④，盖乐官⑤之事，不可以先王法服⑥，为伶人之业。今逼高命，不敢苟辞，当释冠冕，袭私服。此绍之心也。"旟等不自得而退。

【注释】

①齐王冏（jiǒng）：司马冏，字景治，封为齐王。晋惠帝永康二年（公元301年），赵王司马伦自称皇帝，以惠帝为太上皇。齐王司马冏起兵讨伐他，迎惠帝复位，后任大司马，并专擅国政，次年为长沙王司马乂所杀。

②宰会：招待僚属的宴会。

③葛旟（yú）：在齐王手下任从事中郎。董艾：原为县令，齐王起兵时兼任右将军。时宜：当时的需要，这里指时政。

④备常伯：备用为常伯。这是谦辞，表示自己不称职。常伯是官名，上古曾设此官，后来也用来称天子左右的近臣，如侍中、散骑常侍就是常伯。操丝比竹：指吹弹演奏。

⑤乐官：掌管音乐的官吏。

⑥法服：法定的服装。先王按尊卑等级制定五服。

【译文】

齐王司马冏担任大司马，辅理朝政时，嵇绍当时担任侍中，到司马冏那里去请示公事。司马冏安排了一个僚属的宴会，召来葛旟、董艾等人一起讨论当前政务。葛旟等人告诉司马冏说："嵇侍中擅长乐器，您可以叫他演奏一下。"于是便送上乐器，嵇绍拒绝接受。司马冏说："今天大家一起饮酒作乐，你为什么拒绝呢？"嵇绍说："公辅助皇室，应该使大家做事能够有个榜样。

我官职虽然卑下,也毕竟忝居常伯之位,吹弹演奏,本是乐官的事情,不能穿着官服来做乐工的事。我现在迫于尊命,不敢随便推辞,应该脱下官服,穿上便服。这是我的愿望。"葛旟等人自觉没趣,就退了出去。

一八

【原文】

卢志于众坐问陆士衡①:"陆逊、陆抗是君何物?"答曰:"如卿于卢毓、卢珽。"士龙②失色。既出户,谓兄曰:"何至如此!彼容不相知也。"士衡正色曰:"我父、祖名播海内,宁有不知?鬼子③敢尔!"议者疑二陆优劣,谢公以此定之④。

【注释】

①卢志:字子道,历任成都王左长史、中书监。父亲是魏朝卫尉卿卢珽。祖父是魏朝司空卢毓。陆士衡:陆机,字士衡,历任著作郎、平原内史。父亲是吴国大司马陆抗,祖父是丞相陆逊。按:魏晋人重视避讳,不能当面说出对方长辈的名字,直指祖父、父亲名字,最为无礼。

②士龙:陆云,字士龙,是陆机的弟弟。

③鬼子:对人的憎称。原注引孔氏《志怪》说,卢志的远祖卢充曾因打猎而入鬼府,与崔少府的亡女结婚而生子。陆机因此骂卢志是鬼的子孙。

④"谢公"句:谢安认为陆士衡为优。

【译文】

卢志在大庭广众之下问陆士衡道:"陆逊、陆抗是您的什么人?"陆士衡回答说:"就像你和卢毓、卢珽的关系一样。"陆士龙听了大惊失色。出门之后,士龙就对兄长说:"哪至于弄到这种地步呢!他可能真是不了解底细呀。"士衡很严厉地说:"我父亲、祖父海内知名,岂有不知道的?鬼子竟敢这样无礼!"舆论界对陆家兄弟的优劣一向难于确定,谢安就拿这件事来判定两人的优劣。

一九

【原文】

羊忱①性甚贞烈。赵王伦②为相国,忱为太傅长史,乃版以参相国军事。使者卒③至,忱深惧豫④祸,不暇被马⑤,于是帖骑⑥而避。使者追之,忱善射,矢左右发,使者不敢进,遂得免。

【注释】

①羊忱(chén):字长和,历任太傅长史、扬州刺史,迁侍中。
②赵王伦:赵王司马伦于晋惠帝永康元年(公元300年)杀皇后贾氏,并杀司空张华等,自为相国。
③卒(cù):通"猝",突然。
④豫:通"与",涉及。
⑤被马:给马备好马鞍。
⑥帖骑:骑不备鞍的马。

【译文】

羊忱的性格非常正直刚烈。赵王司马伦担任相国的时候,羊忱担任太傅府长史,司马伦便任命他为参相国军事。传达任命的使者突然来到,羊忱非常害怕牵连受祸,匆忙间来不及备马,于是骑着光身的马逃避。使者去追他,羊忱擅长射箭,不断向使者左右开弓,使者不敢再追,这才得以逃脱。

二〇

【原文】

王太尉不与庾子嵩交,庾卿之不置①。王曰:"君不得为尔。"庾曰:"卿自君②我,我自卿卿。我自用我法,卿自用卿法。"

【注释】

①卿:对官爵、辈分低于自己的人或同辈之间的亲热、不拘礼节的称呼。庾子嵩官至豫州长史,职位在太尉之下,不应用"卿"来称呼王太尉。置:放下。

②君:对对方的尊称。王太尉对庾子嵩原是可以称呼"卿"的,可是他用了尊称的词。

【译文】

太尉王夷甫不和庾子嵩交往,庾子嵩却不停地用"卿"来称呼他。王夷甫说:"君不能用这种称呼。"庾子嵩回答说:"卿尽管称我为君,我尽管称卿为卿。我自己用我的叫法,卿自己用卿的叫法。"

二一

【原文】

阮宣子伐社①树,有人止之。宣子曰:"社而为树②,伐树则社亡;树而为社,伐树则社移矣。"

【注释】

①社:土地神和祭土地神的社坛都叫社。
②"社而"句:社坛周围要种树,社坛和社树是互相依存的。按:阮宣子(名脩)不信鬼神而擅长清谈。

【译文】

阮宣子要砍伐土地庙旁的树,有人制止他。宣子说:"如果土地神就是树,那么砍了树,土地神就不存在了;如果为树而立社,那么砍了树,社也就迁走了。"

二二

【原文】

阮宣子论鬼神有无者。或以人死有鬼,宣子独以为无,曰:"今见鬼者云,著生时衣服,若人死有鬼,衣服复有鬼邪?"

【译文】

阮宣子谈论鬼神有没有的问题。有人认为人死后有鬼,唯独宣子认为没有，他说："现在那些自称看见过鬼的人说鬼是穿着活着时候的衣服，如果人死了有鬼，那么衣服也有鬼吗？"

二三

【原文】

元皇帝既登阼①，以郑后之宠，欲舍明帝而立简文。时议者咸谓舍长立少，既于理非伦②，且明帝以聪亮英断，益宜为储副③。周、王④诸公并苦争恳切，唯刁玄亮独欲奉少主⑤，以阿⑥帝旨。元帝便欲施行，虑诸公不奉诏，于是先唤周侯、丞相入，然后欲出诏付刁。周、王既入。始至阶头，帝逆遣传诏遏⑦，使就东厢。周侯未悟，即却略⑧下阶。丞相披拨传诏，径至御床前，曰："不审陛下何以见臣？"帝默然无言，乃探怀中黄纸诏裂掷之。由此皇储始定。周侯方慨然愧叹曰："我常自言胜茂弘，今始知不如也！"

【注释】

①"元皇帝"句：元皇帝指晋元帝司马睿（ruì），是东晋第一个皇帝，建武元年（公元317年）立为晋王，建武二年即皇帝位，并立司马绍为皇太子。晋元帝的妃子（即司马绍的母亲）先死，建武二年纳郑氏为夫人，甚有宠，生简文帝司马昱。郑夫人于建武六年死，到建元九年，孝武帝追尊其为太后，所以这里称郑后。晋元帝死，太子司马绍即位，为晋明帝。登阼（zuò）：登上帝位。

②伦：顺序。按：宗法制度下，立嗣要立嫡、立长，否则就不合伦理。

③储副：太子，下文又称皇储。

④周、王：周颢、王导（字茂弘），即下文的周侯、丞相。
⑤刁玄亮：刁协，字玄亮，累迁尚书令。少主：年少之君，这里指简文。
⑥阿（ē）：迎合。
⑦逆：预先。传诏：传达皇帝命令的官吏。遏（è）：阻拦。
⑧却略：却步，往后退。

【译文】

晋元帝登上帝位以后，因为郑后得宠，就想废掉明帝司马绍而改立简文帝司马昱为太子。当时议论者都认为抛开长子而立幼子，在道理上不合立嗣的顺序，而且太子司马绍聪明诚实，英明果断，更适合做太子。周颢、王导诸位大臣都竭力争辩，情辞恳切，只有刁玄亮一人想尊奉少主来迎合元帝的心意。元帝就想付诸实施，又担心诸大臣不接受命令，于是先召唤武城侯周颢和丞相王导入朝，然后就想把诏令交给刁玄亮去发布。周、王两人进来后，才走到台阶上面，元帝已经事先派传诏官迎着他们，拦住不让入内，请他们到东厢房去。周颢还没醒悟过来，就退下台阶。王导拨开传诏官，一直走到元帝座前，说道："不明白陛下为什么召见臣？"元帝哑口无言，就从怀里摸出黄纸诏书来撕碎扔掉。从此太子才算确定了。周颢这才又感慨又惭愧地叹道："我常常自以为胜过茂弘，现在才知道比不上他啊！"

二四

【原文】

王丞相初在江左，欲结援吴人①，请婚陆太尉②。对曰：

"培塿③无松柏,薰莸④不同器。玩虽不才,义不为乱伦⑤之始。"

【注释】

①结援:结交、攀附。吴人:吴地人士。东晋王朝,偏安江左,即在春秋时代的吴国旧地。

②陆太尉:陆玩,吴郡人。晋元帝任其为丞相参军。

③培塿(póu lǒu):小土丘。

④薰:香草。莸(yóu):臭草。

⑤伦:人伦,人与人之间的尊卑等道德关系。陆玩是南方的士族豪门,王导的先人虽也不乏名臣,但渡江之初,论功勋名望,王不如陆,加以南方人瞧不起北方人,所以陆玩不愿与王导联姻。《晋书·陆玩传》认为他是轻视权贵。

【译文】

丞相王导到江东之初,想结交、攀附吴地人士,便去向太尉陆玩请求通婚。陆玩回复说:"小土丘上长不了松柏那样的大树,香草和臭草不能同放在一个器物里。我虽然没有才能,可是按道理也不能带头来做破坏人伦的事情。"

二五

【原文】

诸葛恢大女适太尉庾亮儿,次女适徐州刺史羊忱儿。亮子被苏峻害,改适江彪①。恢儿娶邓攸女。于时谢尚书②求其小女婚,恢乃云:"羊、邓是世婚③,江家我顾伊,庾家伊顾我,不能复与谢裒儿婚④。"及恢亡，遂婚。于是王右军往谢家看新妇⑤，犹有恢之遗法：威仪⑥端详，容服光整。王叹曰："我在遣⑦女，裁⑧得尔耳！"

【注释】

①"亮子"二句：晋成帝咸和二年（公元327年），历阳内史苏峻（字子高）举兵反，次年二月，攻陷首都建康，大肆抢掠、杀戮。后来陶侃、温峤、庾亮等起兵讨苏峻，九月苏峻败死。这期间庾亮的儿子庾会被杀。庾会的妻子后来改嫁江虨（bān）。

②谢尚书：谢裒（póu），字幼儒，任吏部尚书，曾为其子谢石向诸葛恢求亲。

③世婚：世代联姻的人家。

④"不能"句：诸葛恢是士族，庾亮更是士族的代表。当时谢裒家功业不显，人们还不认为他是世家，所以诸葛恢不肯与他结亲。诸葛恢死后，谢家兴起，诸葛氏渐衰微，这才肯嫁女给谢家。

⑤"于是"句：看新妇是古代习俗。《南史·齐·顾协传》："晋、宋以来，初婚三日，妇见舅姑，众宾皆列见。"舅姑即公婆。

⑥威仪：严肃的容貌和庄重的举止。

⑦遣：送走。

⑧裁：通"才"，仅仅。

【译文】

诸葛恢的长女嫁给太尉庾亮的儿子，二女儿嫁给徐州刺史羊忱的儿子。庾亮的儿子被苏峻杀害后，大女儿又改嫁江虨。诸葛恢的儿子娶了邓攸的女儿为妻。当时尚书谢裒为儿子谢石向诸葛恢求娶他的小女儿，诸葛恢就说："羊家、邓家和我们是世代姻亲，江家是我看顾他，庾家是他看顾我，我不能再和谢裒的儿子结亲。"等到诸葛恢死了以后，两家终于结亲。结婚时，右军将军王羲之到谢家去看新娘,看到新娘还保持着诸葛恢遗留的礼法:容貌举止,端庄安详;服饰风采,华美整齐。王羲之叹道:"我活着时嫁女儿,也仅仅能做到这样啊!"

二六

【原文】

周叔治①作晋陵太守,周侯、仲智往别。叔治以将别,涕泗不止。仲智恚②之曰:"斯人乃妇女,与人别,唯啼泣!"便舍去。周侯独留,与饮酒言话,临别流涕,抚其背曰:"奴③好自爱。"

【注释】

①周叔治:周谟,字叔治。是周侯(名颉,字伯仁)和周嵩(字仲智)的弟弟。

②恚(huì):生气。

③奴:即阿奴,是尊对卑、兄对弟的爱称。

【译文】

周叔治要出任晋陵太守,他哥哥武城侯伯仁和仲智前去送别。叔治因为兄弟就要离别了,止不住涕泪交流。仲智对此很生气,说:"你这个人原来是个妇女,和人家告别,只会哭哭啼啼。"便不理他走了。伯仁独自留下来和他喝酒说话,临别时流着泪,拍着他的背说:"阿奴要好好地爱惜自己。"

二七

【原文】

周伯仁为吏部尚书,在省内,夜疾危急。时刁玄亮为尚书令,营救备亲好之至,良久小损。明旦,报仲智,仲智狼狈来。始入户,刁下床对之大位,说伯仁昨危急之状。仲智手批①之,刁为辟易②于户侧。既前,都不问病,直云:"君在中朝,与和长舆③齐名,那与佞人④刁协有情!"径便出。

【注释】

①批:用手掌打。
②辟易:退避。
③和长舆:即和峤。
④佞(nìng)人:惯于用花言巧语奉承、讨好别人的人。

【译文】

周伯仁任吏部尚书时,一天夜里在官署里发病,病情很危急。当时刁玄亮任尚书令,多方设法抢救病人,表现得亲密友好极了,过了很久,周伯仁病情才稍为减轻了些。第二天早晨,通知了周伯仁的弟弟仲智,仲智急急忙忙赶来。刚进门,刁玄亮就离座对他大哭,并述说伯仁夜里病危的情况。仲智扬手给了他一耳光,刁玄亮被打得惊退到门边。仲智走到伯仁床前,一点也不问病况,直截了当地说:"您在西晋时,跟和长舆名望相等,怎么会跟谄佞的人刁协有交情!"说完就头也不回地走了。

二八

【原文】

王含①作庐江郡,贪浊狼籍②。王敦护其兄,故于众坐称:"家兄在郡定佳,庐江人士咸称之。"时何充为敦主簿,在坐,正色曰:"充即庐江人,所闻异于此!"敦默然。旁人为之反侧③,充晏然④神意自若。

【注释】

①王含:子处弘,是王敦的哥哥。
②狼籍:行为不法。
③反侧:惶恐不安。
④晏然:形容心情平静,没有顾虑。

【译文】

王含担任庐江郡太守时,贪赃枉法。王敦袒护他哥哥,特意在大庭广众之下赞扬说:"我哥哥在郡内一定政绩很好,庐江知名人士都称颂他。"当时何充在王敦手下任主簿,也在座,严肃地说:"我就是庐江人,所听到的和你说的不一样!"王敦哑口无言。旁人都替何充捏一把汗,何充却十分坦然,神态自若。

二九

【原文】

顾孟著尝以酒劝周伯仁,伯仁不受。顾因移劝柱,而语柱曰："讵可便作栋梁自遇？"周得之欣然，遂为衿契①。

【注释】

①衿契：意气相投的朋友。

【译文】

顾孟著有一次向周伯仁劝酒，伯仁推辞不喝。顾孟著于是就转向柱子劝酒，并且对柱子说："难道就可以把自己看成栋梁吗？"周伯仁听到这话很高兴，两人便成了要好的朋友。

三〇

【原文】

明帝在西堂①，会诸公饮酒，未大醉，帝问："今名臣共集，何如尧、舜时？"周伯仁为仆射②，因厉声曰："今虽同人主，复那得等于圣治③！"帝大怒，还内，作手诏满一黄纸，遂付廷尉令收，因欲杀之。后数日，诏出周，群臣往省之。周曰："近知当不死，罪不足至此。"

【注释】

①"明帝"句：据《晋书·周顗传》载，帝宴群公于西堂，是晋元帝太兴初年的事。且明帝还没有登位，周顗已被王敦杀害。可知事出于晋元帝时。

②仆射：官名，是尚书省的副职。

③圣治：太平时代。和帝王有关的事物都加"圣"字来称颂。

【译文】

晋明帝在西堂,召集诸位大臣一起饮酒,还不到大醉的程度,明帝问道:"今天名臣都聚会在一起,和尧、舜时相比,怎么样?"当时周伯仁任尚书仆射,便声音激昂地回答说:"现在圣上和尧、舜虽然同是君主,可又怎么能和那个太平盛世等同起来呢?"明帝大怒,回到内宫,亲自写了满满一张黄纸的诏令,交给廷尉,命令逮捕周伯仁,想就此杀掉他。过了几天,又下诏令释放他,众大臣去探望周伯仁。周说:"起初我就知道不会死,因为罪状还不可能到这个地步。"

三一

【原文】

王大将军当下,时咸谓无缘尔①。伯仁曰:"今主非尧、舜,何能无过?且人臣安得称兵以向朝廷?处仲狼抗刚愎②,王平子③何在?"

【注释】

①"王大将军"二句:王敦,字处仲,晋元帝时任大将军、荆州刺史。当时丹阳尹刘隗当权,与尚书令刁协欲排抑豪强,因为王敦威权太盛,想限制王敦,引起王敦的不满。永昌元年(公元322年)正月,王敦在武昌起兵反,上奏疏历数刘隗罪状;三月东下攻入石头城,杀周颢、刘隗等,刁协出逃。缘,缘由,借口。按:《晋书·周颢传》载,当时温峤对周颢说:"大将军此举似有所在,当无滥邪?"不知此举意之所在,就是因为他无所借口。

②狼抗：狂妄自大，乖戾。刚愎（bì）：倔强固执。

③王平子：王澄，字平子，曾任荆州刺史。名望超过王敦，为王敦所忌惮。王敦任江州刺史时，王澄去拜访，因轻侮王敦，被王敦杀害。按：这里以王平子为例说明王敦的为人。

【译文】

大将军王敦将要率兵东下京城，当时人们都以为他没有理由这样做。周伯仁说："现在的君主不是尧、舜，怎么能没有过错？再说臣下怎么能兴兵来指向朝廷？处仲他狂妄自大、刚愎自用，试看王平子到哪儿去了？"

三二

【原文】

王敦既下，住船石头，欲有废明帝意①。宾客盈坐，敦知帝聪明，欲以不孝废之。每言帝不孝之状，而皆云："温太真②所说。温常为东宫率③，后为吾司马，甚悉之。"须臾，温来，敦便奋其威容，问温曰："皇太子作人何似？"温曰："小人无以测君子。"敦声色并厉，欲以威力使从己，乃重问温："太子何以称佳？"温曰："钩深致远④，盖非浅识所测。然以礼侍亲，可称为孝。"

【注释】

①"王敦"三句：据《资治通鉴·晋纪》载，王敦在公元322年正月攻入石头城，拥兵不朝，又因皇太子有勇略，为朝野所向，就想废太子，于是大会百官。四月退兵还武昌。闰十一月晋元帝死，

皇太子司马绍继位，就是晋明帝。不过下文说及温太真任王敦司马，此事却在明帝即位以后。

②温太真：温峤，字太真，曾任太子中庶子（即太子的近侍官），得到司马绍的宠遇。司马绍即位为明帝后，调任中书令。王敦畏惧晋明帝倚重他，便请他出任左司马。

③率：卫率，官名，是太子属官，主管门卫。按：温太真似乎没有做过东宫率。

④钩深致远：指才识的广博精深。

【译文】

王敦从武昌东下以后，把船只停泊在石头城，他的愿望是想废掉明帝。当宾客满座时，王敦知道明帝很聪明，就想借不孝的罪名废掉他。每次说到明帝不孝的情况，都说："这是温太真说的。他曾经做过东宫的卫率，后来在我手下担任司马，非常熟悉太子的情况。"一会儿，温太真来了，王敦便摆出威严的神色，问太真："皇太子为人怎么样？"温太真回答说："小人没法儿估量君子。"王敦声色俱厉，想靠威力来迫使对方顺从自己，便重新问道："根据什么称颂太子好？"温太真说："太子才识的广博精深，似乎不是我这种认识肤浅的人所能估量的。可是能按照礼法来侍奉双亲，这可以称为孝。"

三三

【原文】

王大将军既反，至石头，周伯仁往见之。谓周曰："卿何以相负①？"对曰："公戎车犯正，下官忝率六军，而王师不振②，以此负公。"

【注释】

①"卿何"句：按：《资治通鉴》卷九十二《晋纪》注："愍帝建兴元年，周顗为杜弢所困，投敦于豫章，故敦以为德。"

②"公戎"三句：王敦攻陷石头城，晋元帝命刁协、刘隗等领兵攻石头城，王导、周顗等从三路出战，结果都大败。后来元帝又命公卿百官到石头城见王敦，周顗就是这时去见的。戎车犯正，指举兵谋反。戎车，指兵车。忝（tiǎn），谦辞，表示有愧，不敢承当。六军，天子的军队，即下文的王师。据《周礼》，天子有六军。王师不振，指不振作，是委婉的说法，意指打败了。

【译文】

大将军王敦谋反后，到了石头城，周伯仁前去见他。王敦问周伯仁："你为什么辜负我？"周伯仁回答说："您兴兵冒犯朝廷，下官愧率六军出战，可是军队不能奋勇杀敌，因此才辜负了您。"

三四

【原文】

苏峻既至石头①，百僚奔散，唯侍中钟雅独在帝侧。或谓钟曰："见可而进，知难而退②，古之道也。君性亮直，必不容于寇雠。何不用随时之宜③，而坐待其弊④邪？"钟曰："国乱不能匡，君危不能济，而各逊遁以求免，吾惧董狐将执简而进矣⑤！"

【注释】

①"苏峻"句:苏峻起兵反,攻入建康后,闻陶侃等已起兵讨伐,便退守石头城,并逼皇帝迁到石头城。

②"见可"二句:引自《左传·宣公十二年》。

③用随时之宜:因时制宜;顺着不同时机,采取合适的措施。

④毙:通"毙",死。

⑤董狐:春秋时晋国的史官,以记事不加隐讳、秉笔直书著名。据《左传·宣公二年》载,晋灵公想杀大夫赵盾,赵盾出亡,后来赵穿杀了晋灵公,赵盾才回来。太史董狐认为赵盾亡不越境,返不讨贼,就记载说"赵盾弑其君",并拿到朝廷上给人看。此句意谓担心史官记其事于史籍而遗臭万年。

【译文】

苏峻率叛军到了石头城后,朝廷百官都逃散了,只有侍中钟雅一个人留在晋成帝身边。有人对钟雅说:"作战时要见机而动,知道困难就后退,这是古时候的常理。您本性忠诚正直,一定不会被仇敌宽容。为什么不采取权宜之计,却要坐着等死呢?"钟雅说:"国家有战乱而不能拯救,君主有危难而不能救助,却各自逃避以求免祸,我怕董狐就要拿着竹简上朝来啦!"

三五

【原文】

庾公临去①,顾语钟后事,深以相委。钟曰:"栋折榱崩②,谁之责邪?"庾曰:"今日之事,不容复言,卿当期克复之效③耳。"钟曰:"想足下不愧荀林父④耳。"

【注释】

①"庾公"句:此则承前一则。晋成帝于公元325年即位时尚在幼年,庾亮与王导等参辅朝政。苏峻反,百僚奔散。"庾公临去"就是指这件事。

②栋折榱(cuī)崩:房子塌了,比喻国家危亡。按:庾亮身为佐命大臣,钟雅意含谴责。榱,椽子。

③克复之效:指收复京城,迎帝还都。按:公元328年陶侃和温峤、庾亮等人一起平定了苏峻之乱,329年奉成帝还都。

④荀林父:据《左传·宣公十二年》载,楚庄王围攻郑国,晋国派荀林父率师救郑国,结果大败。荀林父请晋侯处死自己,被士贞子劝止了。晋侯仍让他官复原职。到宣公十五年,荀林父打败了赤狄,灭了潞国。可见荀林父是能打胜仗的。

【译文】

庾亮在离开京城时,回头交代钟雅自己走后的事,把朝廷重任深切地托付给他。钟雅说:"国家危在旦夕,这是谁的责任呢?"庾亮说:"当前的事,不容许再谈论了,你应该期望取得收复京都的成效啊!"钟雅说:"想必您不会有愧于荀林父啊。"

三六

【原文】

苏峻时,孔群在横塘为匽术所逼①。王丞相保存②术,因坐戏语,令术劝群酒,以释横塘之憾。群答曰:"德非孔子,厄同匡人③。虽阳和布气，鹰化为鸠④，至于识者，犹憎其眼。"

【注释】

①"苏峻"二句：苏峻起兵反叛时，阜陵县令匡术与苏峻一起反。苏峻攻入建康后，把晋成帝逼迁到石头城，令匡术守苑城（即成帝所居的宫城），后苏峻败死，匡术投降。孔群，字敬休，晋会稽山阴（今浙江绍兴）人。官至御史中丞。横塘，地名，在建康淮水南，沿长江筑长堤，叫作横塘。

②保存：保护着使之活下来。

③厄（è）：困苦，灾难。匡：地名。孔子到宋国去，经过匡地，匡简子派兵围攻他。当时孔子和他的弟子子路一起唱歌，以示礼仪教化，结果匡人解围。

④阳和：春天和暖之气。布：散布。鹰化为鸠：这本是一个节令的物候。古人分二十四节气，每一节气又分为三候，每一候记载着应时出现的物候现象。惊蛰的三候是桃始华、仓庚鸣、鹰化为鸠。鸠即布谷鸟。

【译文】

苏峻叛乱时，孔群在横塘被匡术威胁过。后来丞相王导把匡术保全下来，并且趁着大家在一起谈笑时，叫匡术向孔群劝酒，来消除对横塘一事的不满。孔群回答说："我的德行不能和孔子相比，可是困苦却同孔子遇到匡人一样。虽然春气和暖，鹰变成了布谷鸟，至于有识之士，还是厌恶它的眼睛。"

三七

【原文】

苏子高事平,王、庾诸公欲用孔廷尉为丹阳①。乱离之后,百姓凋弊,孔慨然曰:"昔肃祖②临崩,诸君亲升御床,并蒙眷识,共奉遗诏。孔坦疏贱,不在顾命③之列。既有艰难,则以微臣④为先,今犹俎⑤上腐肉,任人脍截⑥耳!"于是拂衣而去。诸公亦止。

【注释】

①孔廷尉:孔坦,字君平,任廷尉,后迁侍中。苏峻(字子高)事平以后,诸公以为国都所在地的丹阳郡应该任用有名望的人为京尹,而孔坦又协助王导平息苏峻叛乱,所以希望他出任丹阳尹。

②肃祖:指晋明帝。明帝的庙号为肃宗。公元325年晋明帝临死时召司徒王导、尚书令卞壶、护军将军庾亮、丹阳尹温峤等受遗诏,辅佐太子司马衍。

③顾命:君主临终时的命令,亦即遗诏。

④微臣:轻微之臣,自称的谦辞。

⑤俎(zǔ):砧板。

⑥脍截:细细地切割。

【译文】

苏子高的叛乱平定以后,王导、庾亮诸大臣想任命廷尉孔坦来治理丹阳郡。经过战乱而颠沛流离之后,老百姓生活困苦,孔坦感慨地说:"往日先帝临终之时,诸君亲上御床前,一起受到先帝的关怀赏识，共同接受了先帝的遗诏。我才疏位卑，不在接受遗诏之列。你们有了困难以后，就把我推到前面，我现在像是砧板上的臭肉，任人细剁细切罢了！"说完就拂袖而去。大臣们也就不再提起。

三八

【原文】

孔车骑与中丞共行①，在御道②逢匡术，宾从甚盛，因往与车骑共语。中丞初不视，直云："鹰化为鸠，众鸟犹恶其眼。"术大怒，便欲刃之。车骑下车，抱术曰："族弟发狂，卿为我宥之！"始得全首领。

【注释】

①孔车骑：孔愉，字敬康，累迁尚书左仆射，赠车骑将军。中丞：官名，这里指孔群。孔群，字敬林，是孔愉的堂弟，官至御史中丞，是御史台的长官，掌管律令、督察等。

②御道：皇帝通行的道路。按：这一则和前面第三十六则所讲的大概是同一事而传闻异辞，一记成在苏峻失败之前，一记成在其后。

【译文】

车骑将军孔愉与御史中丞孔群一起同行，在御道上遇到了匡术，后面跟随的宾客、随从很多，匡术便前去和孔愉说话。孔群却并不看他，只是说："就算鹰变成了布谷鸟，所有的鸟还是讨厌它的眼睛。"匡术听了大怒,便想杀掉孔群。孔愉赶紧下车抱住匡术说:"堂弟发疯了,你看在我的面上饶了他吧!"孔群这才得以保住脑袋。

三九

【原文】
　　梅颐①尝有惠于陶公。后为豫章太守,有事,王丞相遣收之。侃曰:"天子富于春秋②,万机③自诸侯出,王公既得录,陶公何为不可放?"乃遣人于江口夺之。颐见陶公,拜,陶公止之。颐曰:"梅仲真膝,明日岂可复屈邪?"

【注释】
　　①梅颐:字仲真。当初大将军王敦把荆州刺史陶侃降为广州刺史时,有人在王敦面前说了陶侃的坏话,王敦就想杀陶侃。这时王敦手下的咨议参军、梅颐的弟弟梅陶劝阻了王敦,陶侃得免。后来陶侃升任大将军、太尉,借放梅颐来报答梅陶。这里说的梅颐有惠于陶公,恐属传闻有误。
　　②富于春秋:指年轻。
　　③万机:万事。

【译文】
　　梅颐曾经对陶侃有过恩惠。后来梅颐担任豫章郡太守,犯了罪,丞相王导派人去逮捕他。陶侃说:"皇上年纪很轻,政令都由大臣发出,王公既然能逮捕人,我陶公为什么就不能放?"于是派人到江口把梅颐夺过来。梅颐去见陶侃,下拜,陶侃拦住他不让拜。梅颐说:"我梅仲真的膝头,以后难道还会向人跪拜吗!"

四〇

【原文】

王丞相作女伎,施设床席。蔡公①先在坐,不说②而去,王亦不留。

【注释】

①蔡公:蔡谟,字道明,历任左光禄、录尚书事、扬州刺史、司徒。据《晋书·蔡谟传》载,"谟性方雅",故不喜王导所为。
②说:同"悦",高兴。

【译文】

丞相王导安排了女伎表演歌舞,还安排下床榻座席。蔡谟事先就已在座,看见这种做法很不高兴地走了,王导也不挽留他。

四一

【原文】

何次道、庾季坚二人并为元辅①。成帝初崩,于时嗣君②未定。何欲立嗣子③,庾及朝议以外寇方强,嗣子冲幼,乃立康帝④。康帝登阼,会群臣,谓何曰:"朕今所以承大业,为谁之议?"何答曰:"陛下龙飞⑤,此是庾冰之功,非臣之力。

于时用微臣之议,今不睹盛明之世。"帝有惭色。

【注释】

①何次道:何充,字次道,在晋成帝时任丹阳尹、中书令。成帝死后,他主张由成帝的儿子继位,认为父子相传是先王旧典,不得改变,遭到庾冰的反对。庾季坚:庾冰,字季坚,曾任中书监、扬州刺史,是成帝的舅舅。成帝死后,他认为国有强敌,宜立年长的君主,主张由成帝的弟弟(即康帝)继位。元辅:辅政的大臣。成帝死时,何充、庾冰同受命辅佐王室。

②嗣君:继位的君主,帝位的继承人。
③嗣子:嫡长子。
④康帝:晋成帝的同母弟、琅邪王司马岳。
⑤龙飞:君主登位。

【译文】

何次道、庾季坚两人同时受命为辅政大臣。晋成帝刚驾崩,当时由谁继位,还没有定下来。何次道主张立皇子,庾季坚和大臣们的议论都认为外来之敌正强大,皇子年幼,于是就立康帝。康帝登帝位后,会见群臣时问何次道:"朕今天能继承国家大业,是谁的主张?"何次道回答说:"陛下登帝位,这是庾冰的功劳,不是我的力量。当时如果采纳了小臣的主张,那么今天就看不到太平盛世了。"康帝面有愧色。

四二

【原文】

江仆射①年少,王丞相呼与共棋。王手尝不如两道许②,

而欲敌道戏③,试以观之。江不即下,王曰:"君何以不行?"江曰:"恐不得尔。"傍有客曰:"此年少戏乃不恶。"王徐举首曰:"此年少非唯围棋见胜。"

【注释】

①江仆射:江彪,字思玄,累迁尚书左仆射、护军将军。
②手:手段,技艺。道:围棋子。
③敌道:敌手;双方对等,不饶子儿。戏:游艺,这里指下围棋。

【译文】

左仆射江彪年轻时,丞相王导招呼他一起来下围棋。王导的棋艺比起他来有两子左右的差距,可是想不让子儿对下,试图拿这事来观察他的为人。江彪并不马上下子儿,王导问:"您为什么不走棋?"江彪说:"恐怕不行呢。"旁边有位客人说:"这年轻人的技术原来不错。"王导慢慢抬起头来说:"这年轻人不只是围棋胜过我。"

四三

【原文】

孔君平疾笃,庾司空为会稽,省之,相问讯甚至,为之流涕。庾既下床,孔慨然曰:"大丈夫将终,不问安国宁家之术,乃作儿女子①相问!"庾闻,回谢之,请其话言②。

【注释】

①儿女子:妇孺。

②话言：有益的话。

【译文】

孔君平病重，司空庾冰当时任会稽郡内史，前去看望他，十分恳切地问候病情，并为他病重而流泪。庾冰离开坐榻后，孔君平感慨地说："大丈夫将死，却不问安邦定国的办法，竟像妇孺一样来问候我！"庾冰听见了，便返回向他道歉，请他留下教诲。

四四

【原文】

桓大司马诣刘尹，卧不起。桓弯弹弹刘枕，丸迸碎床褥间。刘作色^①而起曰："使君，如馨地宁可斗战求胜^②？"桓甚有恨容。

【注释】

①作色：变脸色，现出怒色。
②使君：对州郡长官的称呼。桓温曾任徐州刺史，刘惔又是徐州人，便称桓温为使君。如馨地：这样。按：刘惔这句话意在讽刺桓温是当兵出身，做事不离兵的本行。

【译文】

大司马桓温去探望丹阳尹刘惔，刘惔躺着不起床。桓温用弹弓来弹射他的枕头，弹丸迸碎后掉在被褥上。刘惔生气地起床说："使君怎么这样，难道这也可以靠打仗取胜吗？"桓温脸色非常不满。

四五

【原文】

后来年少多有道深公①者,深公谓曰:"黄吻年少,勿为评论宿士②。昔尝与元明二帝、王庾二公周旋③。"

【注释】

①深公:竺法深,是知名的和尚。
②宿士:老成博学的人,资深人士。
③周旋:交往,打交道。

【译文】

后辈年轻人有很多议论竺法深的,竺法深对他们说:"黄口小儿,不要做评论前辈的名士。以前我曾经和元帝、明帝两位皇帝,王导、庾亮两位名公交往应酬过。"

四六

【原文】

王中郎①年少时,江虨为仆射,领选②,欲拟之为尚书郎③。有语王者,王曰:"自过江来,尚书郎正用第二人④,何得拟我!"江闻而止。

【注释】

①王中郎：王坦之，字文度。

②领选：兼任吏部尚书。选，指选部，是吏部的前身，主管官吏任免、调动等事。

③尚书郎：官名。尚书分曹办事，下设尚书郎，管文书起草等事务。

④第二人：第二流的人。按：晋人注重门第，所谓第二流人，就是指家世贫寒的人。王坦之是世家子弟，所以这样说。余嘉锡以为，尚书郎"无吏部之权势，而有刀笔之烦，固名士之所不屑。惟出身寒素者为能黾勉奉公"。（《世说新语笺疏》）

【译文】

北中郎将王坦之年轻时，江虨任尚书左仆射，兼管吏部尚书职务，他考虑选王坦之任尚书郎。有人把这事告诉了王坦之，坦之说："自从过江以来，尚书郎只用第二流的人担任，怎么能考虑我这样出身名门的人呢！"江虨听说后，就不再考虑他了。

四七

【原文】

王述转尚书令①，事行便拜②。文度③曰："故应让杜、许④。"蓝田云："汝谓我堪此不？"文度曰："何为不堪！但克让自是美事，恐不可阙。"蓝田慨然曰："既云堪，何为复让？人言汝胜我，定不如我。"

【注释】

①王述：封蓝田侯，故下文又称蓝田。转：调动官职，指升官。
②事行：事情实现，指诏命下达。拜：接受官职。
③文度：王坦之，是王述的儿子。
④杜、许：不详。

【译文】

王述调任尚书令时，诏命一下达就立即受职。他儿子王文度说："本来应该让位给杜、许。"王述说："你认为我能否胜任这个职务？"文度说："怎么不能胜任！不过能谦让一下总是好事，礼节上恐怕不可缺少。"王述感慨地说："既然说能胜任，为什么又要谦让呢？人家说你胜过我，据我看终究不如我。"

四八

【原文】

孙兴公作《庾公诔》，文多托寄之辞。既成，示庾道恩①。庾见，慨然送还之，曰："先君与君自不至于此。"

【注释】

①庾道恩：庾羲，字叔和，小名道恩，是庾亮的儿子。

【译文】

孙兴公写了一篇《庾公诔》，文章中寄托了许多深情厚谊之辞。文章写成后，拿给庾道恩看。道恩看了，愤激地送还给他，说:"先父和您的交情本来没有达到这一步。"

四九

【原文】

王长史①求东阳,抚军②不用。后疾笃,临终,抚军哀叹曰:"吾将负仲祖。"于此命用之。长史曰:"人言会稽王痴,真痴。"

【注释】

①王长史:王濛,字仲祖。
②抚军:晋简文帝,登位前曾任抚军大将军,封会稽王。

【译文】

左长史王仲祖请求担任东阳郡太守,抚军不肯委任他。后来王仲祖病重,将要离世了,抚军哀叹说:"我将会在这件事上对不起仲祖。"便下命令委任他。王仲祖说:"人们说会稽王痴心,确实痴心。"

五〇

【原文】

刘简①作桓宣武别驾,后为东曹参军,颇以刚直见疏。尝听记②,简都无言。宣武问:"刘东曹何以不下意③?"答曰:"会④不能用。"宣武亦无怪色。

【注释】

①刘简：字仲约。官至大司马参军。

②听记：处理公文。记，指公文、文件。

③下意：表示意见。

④会：一定，终归。

【译文】

刘简在桓温手下任别驾，后来又担任东曹参军，因为性格刚强正直，桓温相当疏远他。有一次处理公文，刘简一句话也不说。桓温问他："刘东曹为什么不提出意见？"刘简回答说："一定不会被采纳。"桓温听后，也没有丝毫责怪的神色。

五一

【原文】

刘真长、王仲祖共行，日旰①未食。有相识小人②贻其餐，肴案③甚盛，真长辞焉。仲祖曰："聊以充虚，何苦辞？"真长曰："小人都不可与作缘④。"

【注释】

①旰（gàn）：天色晚。

②小人：晋代注重门第，士族阶层把府中吏役、老百姓等地位低的人都看成小人。

③肴案：菜肴。案，食盘。

④作缘：打交道，交朋友。

【译文】

刘真长、王仲祖一同出行,天色晚了还没有吃饭。有个认识他们的吏役送来饭食给他们吃,菜肴很丰盛,刘真长推辞不吃。王仲祖说:"暂且用来充饥吧,何苦推辞?"刘真长说:"绝不能跟普通百姓打交道。"

五二

【原文】

王脩龄尝在东山①,甚贫乏。陶胡奴为乌程令②,送一船米遗之。却不肯取,直答语:"王脩龄若饥,自当就谢仁祖索食,不须陶胡奴米③。"

【注释】

①东山:山名,在会稽郡,是隐居的地方。
②陶胡奴:陶范,小名胡奴,陶侃的儿子。乌程:县名,即今浙江省湖州市吴兴区。
③"王脩龄"三句:王脩龄拒绝赠米,疑是出于门第之见。王、谢是士族,陶氏本出身寒门,虽有大功也不易跻于士族之列。

【译文】

王脩龄曾在东山隐居过一段时间,那时的生活很贫困。陶胡奴当时任乌程县令,就运了一船米送给他。王脩龄不肯收下,直率地回话说:"王脩龄如果挨饿,自然会到谢仁祖那里要吃的,不需要陶胡奴的米。"

五三

【原文】

阮光禄赴山陵①,至都,不往殷、刘许,过事便还。诸人相与追之。阮亦知时流必当逐己,乃遄疾②而去,至方山③不相及。刘尹时为会稽④,乃叹曰:"我入,当泊安石⑤渚下耳,不敢复近思旷傍。伊便能捉杖打人,不易。"

【注释】

①阮光禄:阮裕,字思旷。山陵:指帝王归山陵的葬礼。公元342年成帝死,葬于兴平陵,而阮裕家居会稽剡县,曾征召为侍中,不就,有隐居之志。闻成帝死,赴山陵。
②遄(chuán)疾:急速。
③方山:地名,在丹阳郡江宁县东。
④为会稽:一本作"索会稽"。
⑤安石:谢安,字安石,是刘惔的妹婿,当时正在会稽东山隐居,故刘惔这样说。

【译文】

光禄大夫阮思旷前去参加晋成帝的葬礼,到了京都,没有去殷浩、刘惔家的住所,参加完葬礼后就回家了。众好友知道了,一起去追赶他。阮思旷也知道这些名士一定会来追赶自己,便急速走了,一直走到方山,他们赶不上为止。丹阳尹刘惔当时正请求出任会稽太守,便叹息说:"我如果到会稽,要在靠近安石的小洲旁停船了,再不敢靠近思旷身旁。否则他就会拿木棒子打人,改不了的。"

五四

【原文】

王、刘与桓公共至覆舟山①看。酒酣后,刘牵脚加桓公颈,桓公甚不堪,举手拨去。既还,王长史语刘曰:"伊讵②可以形色加人不?"

【注释】

①覆舟山:在建康,东连钟山,北临玄武湖。
②讵:难道。

【译文】

王濛、刘惔与桓温一同到覆舟山去游览。喝酒喝得半醉以后,刘惔伸腿放在桓温脖子上,桓温难以忍受,举起手拨开。回来以后,王濛对刘惔说:"他难道可以拿脸色给人看吗?"

五五

【原文】

桓公问桓子野:"谢安石料万石①必败,何以不谏?"子野答曰:"故当出于难犯耳。"桓作色曰:"万石挠弱凡才②,有何严颜③难犯!"

【注释】

①万石:谢万,字万石,是谢安的弟弟。谢万曾任豫州刺史,

监司、豫、冀、并四州军事。在晋穆帝升平三年（公元359年），受命北伐燕国。可是他骄傲自大，不能安抚将士，结果未遇敌而兵溃，使许昌、颍川相继失陷，北部地区不稳。

②挠弱：软弱。凡才：平庸的人。

③严颜：威严的面孔。

【译文】

桓温问桓子野："谢安石已经料到万石必定会被打败，为什么不劝他改正错误？"子野回答说："自然是由于很难触犯呀。"桓温生气地说："万石是个软弱的庸才，还有什么威严的面孔不敢触犯！"

五六

【原文】

罗君章曾在人家，主人令与坐上客共语，答曰："相识已多，不烦复尔。"

【译文】

罗君章曾经在别人家里做客，主人让他与在座的宾客一起谈谈话，他回答说："大家相识已经很久了，用不着再讲客套话了。"

五七

【原文】

韩康伯病，拄杖前庭消摇①。见诸谢②皆富贵，轰隐交路③，叹曰："此复何异王莽④时！"

【注释】

①消摇：同"逍遥"，安闲自得。

②诸谢：指谢安一家。按：当时前秦苻坚势力强大，到处侵扰，而谢安任尚书仆射、中书令，曾派弟弟谢石、侄儿谢玄率兵征讨，屡建战功，后来兄弟叔侄皆升官、受封。韩怕和谢家不相投，见此不满。

③轰隐交路：指车马、仪仗、仆从往来于路。轰隐，群车声。

④王莽：西汉末，王莽独揽朝政，接着自立为王，改国号为新。王莽在位时，其宗族共有十侯、五大司马，气焰嚣张。余嘉锡《世说新语笺疏》中说，韩康伯比谢安为王莽是"怀挟私愤，肆行谗谤"。

【译文】

韩康伯生病在家，经常挂着拐杖在前院里消遣。看到谢安家族富贵荣华，进出的车子轰鸣于路，便叹道："这和王莽时候又有什么两样呢！"

五八

【原文】

王文度为桓公长史时，桓为儿求王女，王许咨蓝田。既还，蓝田爱念文度，虽长大犹抱著膝上。文度因言桓求己女婚。蓝田大怒，排文度下膝，曰："恶见！文度已复痴，畏桓温面？兵，那可嫁女与之！"文度还报云："下官家中先得婚处。"桓公曰:"吾知矣,此尊府君①不肯耳。"后桓女遂嫁文度儿。

【注释】

①尊府君:指令尊,府君在此是尊称。按:桓温虽名位很高,但不是士族名门,所以王述不肯把孙女嫁给他家。而寒族之女却可嫁到名门,所以桓女可嫁文度儿。

【译文】

王文度在桓温手下任长史时,桓温为自己的儿子求娶文度的女儿,文度答应回去和父亲蓝田侯王述商议。回到家后,王述因为怜爱文度,虽然长大了,也还是抱在膝上。文度便说到桓温求娶自己女儿的事。王述非常生气,把文度从膝上推下去,说道:"我不喜欢看见文度又犯傻了,是害怕桓温那副面孔吗?他家是当兵的,怎么可以嫁女儿给他家!"文度就回复桓温说:"下官家里已经给女儿找了婆家。"桓温说:"我知道了,这是令尊大人不答应呢。"后来桓温的女儿便嫁给文度的儿子。

五九

【原文】

王子敬数岁时,尝看诸门生樗蒲①,见有胜负,因曰:"南风不竞②。"门生辈轻其小儿,乃曰:"此郎③亦管中窥豹,时见一斑。"子敬瞋目④曰:"远惭荀奉倩,近愧刘真长。"遂拂衣而去。

【注释】

①门生：依附士族权贵的寒士，门客。樗（chū）蒲：一种赌博游戏。

②南风不竞：事出《左传·襄公十八年》。古人迷信，常用乐律来占卜出兵的吉凶。一次，楚国出兵攻打郑国，晋国的乐师师旷说："我屡次唱北方的曲调，又唱南方的曲调。南风不竞（南方的曲调不强），象征死亡的声音多，楚国一定不能建功。"这里比喻坐在南边的要输。

③郎：古称所尊敬的青少年为郎，门生、童仆也称主人之子为郎。

④瞋（chēn）目：发怒时睁大眼睛。按：此句可能是说，苟奉倩和刘真长二人严于择交（即"小人都不可与作缘"之意），不蓄门生，即令有之，亦不与之欸洽；而王子敬自悔看门生赌博，且轻易发言，终于受欺。

【译文】

王子敬儿时，曾经观看家里门生玩赌博游戏，看见他们有输有赢的时候，便说："南风不竞。"（南边的要输）门客们轻视他是小孩子，就说："这位小郎也是管中窥豹，时见一斑。"子敬气得瞪大眼睛说："比远的，我愧对苟奉倩；比近的，我愧对刘真长。"于是拂袖而去。

六〇

【原文】

谢公闻羊绥佳，致意①令来，终不肯诣。后绥为太学博士②，因事见谢公，公即取以为主簿③。

【注释】

①致意：转达倾慕之意。

②太学博士：学校的教官。太学是一般官员和庶民俊秀子弟的学校。

③主簿：主管文书，地位很高，常为将帅、大臣的幕僚长。

【译文】

谢安听说羊绥这人很优秀，就请人向他致意并且请他来，可是羊绥始终不肯登门。后来羊绥任太学博士，因事去见谢安，谢安就马上把他调来任主簿。

六一

【原文】

王右军与谢公诣阮公①，至门，语谢："故当共推主人。"谢曰："推人正自难②。"

【注释】

①阮公：阮裕，隐居会稽剡山。

②"推人"句：阮裕年纪最大，王右军次之，谢安最小，但是谢安本人有隐成不仕之意，所以，自己再推举阮裕出仕有些强人所难。

【译文】

右军将军王羲之和谢安去拜访阮裕，走到阮裕家门口，王羲之对谢安说："我们应当一同推举主人。"谢安说："推举别人恰恰是件难事。"

六二

【原文】

太极殿①始成，王子敬时为谢公长史，谢送版②，使王题之。王有不平色，语信云："可掷著门外。"谢后见王，曰："题之上殿何若？昔魏朝韦诞诸人，亦自为也③。"王曰："魏祚④所以不长。"谢以为名言。

【注释】

①太极殿：晋孝武帝修筑的新宫室，名叫太极殿。
②版：指做匾额用的木板。
③"昔魏朝"句：据传魏明帝筑陵云殿，误先钉匾，忘了题字，于是高高吊起一张凳子，让侍中韦诞坐在上面悬空题匾，题完后，须发全白了。韦诞回家告诫子弟，不要再学这种书法。韦诞，字仲将，擅长楷书，魏朝宫观题字，多是他的手笔。
④魏祚：魏朝的帝位。按：王子敬认为不能这样对待大臣，所以说这话。

【译文】

太极殿刚刚建成，王子敬当时担任丞相谢安的长史，谢安派人送块木板去叫王子敬题匾。子敬露出愤愤不平的神色，告诉来人说："把它扔在门外吧。"谢安后来看见王子敬，就说："给正殿题匾怎么样？从前魏朝韦诞等人也是写过的呀。"王子敬说：

"这就是魏朝帝位不能长久的原因。"谢安认为这是名言。

六三

【原文】

王恭欲请江卢奴为长史①,晨往诣江,江犹在帐中。王坐,不敢即言,良久乃得及。江不应,直唤人取酒,自饮一碗,又不与王。王且笑且言:"那得独饮?"江云:"卿亦复须邪?"更使酌与王,王饮酒毕,因得自解去。未出户,江叹曰:"人自量②,固为难。"

【注释】

①王恭:王恭曾任前将军,青、兖二州刺史。江卢奴:江敳(ái),小名卢奴,是当时知名人士。

②自量:指估量自己的才德。

【译文】

王恭想聘请江卢奴担任长史,一早就前去江家拜访,江卢奴还在帐子里没起床。王恭坐下来,不敢马上开口,过了很久才有机会说到这件事。江卢奴也不回答他,只是叫人拿酒来,自己喝了一碗,也不给王恭喝。王恭一边笑一边说:"哪能一个人喝?"江卢奴说:"你也要喝吗?"再叫仆人倒碗酒来给王恭,王恭喝完酒,借机自己下台阶告辞。还没有出门,江卢奴叹口气说:"一个人要有自知之明,确实是很难。"

六四

【原文】

孝武问王爽①:"卿何如卿兄?"王答曰:"风流秀出②,臣不如恭,忠孝亦何可以假人③!"

【注释】

①王爽:其兄为王恭。
②风流:风雅,是士大夫阶层所追求的一种修养和生活方式。秀出:才能出众。
③"忠孝"句:王爽以忠孝正直知名,这句意指自己在忠孝方面不比哥哥差。假人,给予人。

【译文】

晋孝武帝问王爽:"你和你的兄长相比怎么样?"王爽回答说:"风雅超群,臣比不上恭;至于忠孝,这又怎么可以让给别人呢!"

六五

【原文】

王爽与司马太傅①饮酒,太傅醉,呼王为"小子"②。王曰:"亡祖③长史,与简文皇帝为布衣④之交。亡姑、亡姊,伉俪⑤二宫。何小子之有⑥?"

【注释】

①司马太傅：指会稽王司马道子。

②小子：尊对卑之称，轻慢之称，指年幼的人，后生小子。

③亡祖：已故的祖父，指王濛，曾任长史。

④布衣：平民。

⑤伉俪（kàng lì）：配偶，夫妻。按：王爽的亡姑是晋哀帝皇后，亡姊是晋孝武帝皇后。

⑥何小子之有：有何小子之称，意表否定，即不能称为小子。

【译文】

王爽和太傅司马道子在一起喝酒，司马道子喝醉了，叫王爽为"小子"。王爽说："先祖长史，和简文皇帝是布衣之交。已故的姑母、姐姐是两宫的皇后。我们王家哪有什么小子呢？"

六六

【原文】

张玄与王建武先不相识，后遇于范豫章许，范令二人共语。张因正坐敛衽，王敦视良久，不对。张大失望，便去，范苦譬留之，遂不肯住。范是王之舅，乃让王曰："张玄，吴士之秀，亦见遇于时，而使至于此，深不可解。"王笑曰："张祖希若欲相识，自应见诣。"范驰报张，张便束带①造之。遂举觞对语，宾主无愧色。

【注释】

①束带：扎好衣带，指穿好礼服。

【译文】

张玄和建武将军王忱两人先前并不认识，后来在豫章太守范宁家相遇，范宁让两人一起说说话。张玄便正襟危坐，王忱却久久地仔细看着他，不答话。张玄非常失望，便告辞，范宁苦苦地解释并挽留他，他到底不肯留下。范宁是王忱的舅舅，就责怪王忱说："张玄是吴地名士中的优秀人物，又是当代名流所看重的，你却让他处在这种情况下，真是很难理解。"王忱笑着说："张祖希如果想认识我，自然应该上门来探望我。"范宁赶紧把这话告诉张玄，张玄便穿好礼服去拜访王忱。两人于是一边喝酒一边谈论，宾主都没有抱愧的表情。

雅量第六

【题解】

雅量指宽宏的气量。魏晋时代讲究名士风度，这就要求注意举止和姿势的旷达、潇洒，强调七情六欲都不能在神情态度上流露出来。不管内心活动如何，只能深藏不露，表现出来的应是宽容、平和、若无其事，就是说，见喜不喜、临危不惧、处变不惊、遇事不改常态，这才不失名士风流。

本篇所记的就是名士们的雅量。在遇到喜怒哀乐等方面的事情时神色自若，应付自如。如果因身心畅快而面露欢娱之色，这就显得有所计较而不宽容了。逢喜事却能不异于常，这就很有涵养而显出雅量。例如谢安得知淝水之战大捷的消息后，"意色举止，不异于常"。如果怒气使人面带怒容，这就有失风度，不好。本篇记载了一些豁达处世、宽容待人的事例，受到困辱打骂也不发火，不吵骂，更不动手报复。例如第十八则记久负盛名的褚季野旅居驿亭时被亭吏驱移牛屋下住宿，后来县令了解原委，"于公前鞭挞亭吏"。对这前后两种态度，褚季野表现得襟怀磊落，"言色无异，状如不觉"。第九则记裴遐在宴会上因饮酒事被人拽倒在地，爬起来后，"举止如常，颜色不变，复戏如故"。就算遇上牢狱之灾，杀身之祸，也应该若无其事，好像心胸能包容万物。例如嵇康"临刑东市，神气不变，索琴弹之"。第二十九则记桓温欲诛谢安、王坦之两人，王坦之胆战心惊，"转见于色"，而"谢之宽容，愈表于貌"。两人对比，显示出谢安不凡的气度。在突发事变面前未尝仓皇失措，也是气量宽宏的表现。例如顾雍在宾客满座的情况下知道自己的儿子死于任上时，虽然心里痛苦不堪，"以爪掐掌，血流沾褥"，可是终于能控制住自己的情绪而在言谈神色上没有露出痕迹。第二十八则记谢安和诸人坐船到海上游览，遇上风急浪猛，大家都惊恐失色，他却仍神态安闲，心情舒畅。

除此以外，只要没有虚伪的表现，纯任自然，不为外物所累，都可以看成雅量。例如不为威逼利诱所动，不吝惜财物，不怕丢失官职，保持真诚直率，不做作，等等。第十九则记郗家到王家选女婿时，王家子弟"咸自矜持"，只有王羲之"在东床上坦腹卧，如不闻"。这正是直率、不掩盖、不做作的很好写照。祖士少和阮遥集二人各有嗜好，虽然同是为外物所累，可是前者处置失当，被人看见而"意未能平"；后者处置得宜，在人前仍"神色闲畅"。相比之下，人们就认为后者有气量。

真正有雅量的名士，确也表现出一种难得的修养，值得肯定。但是从记载中可以看出，有一些士族名士所讲究的魏晋风度实际是假装的。有的故作旷达，有的不过是脸皮厚而已。

一

【原文】

豫章太守顾劭，是雍①之子。劭在郡卒，雍盛集僚属，自围棋。外启信至，而无儿书。虽神气不变，而心了其故，以爪掐掌，血流沾褥。宾客既散，方叹曰："已无延陵②之高，岂可有丧明③之责？"于是豁情④散哀，颜色自若。

【注释】

①雍：顾雍，字元叹，累迁尚书令，位至丞相。

②延陵：地名，这里指延陵季子。春秋时代，吴国的季札受封于此，称延陵季子，他最熟悉礼制，他儿子死后，葬丧都合乎礼。并且说："骨肉归复于土，命也。若魂气，则无不之也。"

③丧明：《礼记·檀弓上》载，孔子弟子子夏死了儿子就哭瞎了眼睛。孔子的另一弟子曾子为此责备他，认为这是子夏的罪过之一。

④豁情：敞开胸怀，心情开朗。

【译文】

豫章太守顾劭，是顾雍的儿子。顾劭死在任内，顾雍正在大请下属们饮酒作乐，他自己在下围棋。外面禀报说豫章有送信人到，却没有他儿子的书信。顾雍虽然神态不变，可是心里已明白其中的缘故，他悲痛得用指甲紧掐手掌，血流出来沾湿了座褥。直到宾客散去以后，才叹气说："已经不可能有延陵季子那么高尚，难道可以哭瞎眼睛而受人责备吗？"于是就放开胸怀，驱散哀痛之情，神色自若。

二

【原文】

嵇中散①临刑东市，神气不变，索琴弹之，奏《广陵散》②。曲终，曰："袁孝尼尝请学此散，吾靳固不与，《广陵散》于今绝矣！"太学生三千人上书，请以为师，不许。文王亦寻悔焉。

【注释】

①嵇中散：嵇康。

②《广陵散》：古琴曲。

【译文】

中散大夫嵇康在法场被处决时，神色不变，他要来琴弹奏，弹了一曲《广陵散》。弹完后说："袁孝尼曾经请求学这支曲子，我吝惜固执，不肯传给他，《广陵散》从今以后要失传了！"当时，三千名太学生曾上书，请求拜他为师，朝廷不准许。嵇康被杀后，文王司马昭随即也后悔了。

三

【原文】

夏侯太初尝倚柱作书，时大雨，霹雳①破所倚柱，衣服焦然②，神色无变，书亦如故。宾客左右皆跌荡不得住。

【注释】

①霹雳：响声很大的雷。

②焦然：形容烧焦了。

【译文】

夏侯太初曾经靠在柱子上写字，当时下着大雨，一声惊雷击坏了他靠着的柱子，衣服烧焦了，他神色不变，照样写字。宾客和随从都跌跌撞撞，站立不稳。

四

【原文】

王戎七岁,尝与诸小儿游。看道边李树多子折枝①,诸儿竞走取之,唯戎不动。人问之,答曰:"树在道边而多子,此必苦李。"取之,信然②。

【注释】

①折枝:使树枝弯曲。
②信然:确实这样。

【译文】

王戎七岁的时候,有一次和很多小孩儿出去游玩,他们看见路边的李树上长满了李子,把树枝都压弯了,小孩儿们争先恐后跑去摘李子,只有王戎站着不动。别人问他,他回答说:"树长在路边,还有这么多李子,这一定是苦的李子。"拿李子来一尝,果真是苦的。

五

【原文】

魏明帝于宣武场上断虎爪牙,纵百姓观之①。王戎七岁,亦往看。虎承间②攀栏而吼,其声震地,观者无不辟易颠仆③,戎湛然④不动,了无恐色。

【注释】

①宣武场：场地名，在洛阳城北。断：隔绝。纵：听凭。按：《水经·谷水注》引《竹林七贤论》说，魏明帝在宣武场上围起栅栏，包住虎的爪牙，派大力士跟虎搏斗。
②承间：同"乘间"，趁着空子。
③颠仆：跌倒。
④湛然：形容镇静。

【译文】

魏明帝在宣武场上把老虎的爪牙包裹起来，听任老百姓来看。王戎当时七岁，也去看。老虎乘隙攀住栅栏大吼，吼声震天动地，围观的人全都吓得退避不迭，跌倒在地。王戎却平平静静，一动不动，一点也不害怕。

六

【原文】

王戎为侍中，南郡太守刘肇遗筒中笺布五端①，戎虽不受，厚报其书。

【注释】

①筒中笺布：一种细布，卷作筒形。按：《晋书·王戎传》作"筒中细布五十端"。端：二丈为一端。

【译文】

王戎担任侍中的时候，南郡太守刘肇送给他五匹竹筒中细布，王戎虽然没有接受，还是给他写了一封回信表示深深感谢。

七

【原文】

裴叔则①被收，神气无变，举止自若。求纸笔作书。书成，救者多，乃得免。后位仪同三司②。

【注释】

①裴叔则：裴楷，字叔则，曾任屯骑校尉、太子少师。按：公元290年晋武帝死，晋惠帝立，太傅杨骏辅政；第二年皇后贾氏杀杨骏，裴楷和杨骏是儿女亲家，也被逮捕。

②仪同三司：仪仗同于太尉、司徒、司空。这三个官职号称三公，又称三司，三公以下有"位从公"之名，仪同三司的都是位从公，即非三公却给以和三公同等的待遇。

【译文】

裴叔则被逮捕时，神态不变，举动如常。他要来纸笔写信给亲朋故旧，信发出后，营救他的人很多，才得以免罪。后来他官位做到仪同三司。

八

【原文】

王夷甫尝属族人事①，经时未行。遇于一处饮燕②，因语之曰:"近属尊事,那得不行?"族人大怒,便举樏③掷其面。夷甫都无言,盥洗毕,牵王丞相臂,与共载去。在车中照镜语丞相曰:"汝看我眼光,乃出牛背上④。"

【注释】

①王夷甫:王衍,字夷甫,官至太尉。属(zhǔ):嘱托。
②饮燕:同"饮宴"。
③樏(lěi):食盒。
④"汝看"二句:牛背是挨鞭子打的地方,王夷甫自以为风采神韵优美出众,眼光也高人一头,不屑计较刚才发生的事。

【译文】

王夷甫曾经托付族人办事,过了好久也没有办。后来两人碰到一起吃喝,王夷甫便问那位族人:"原先托您办的事,怎么还不去办呢?"族人非常生气,就举起食盒扔到他脸上。王夷甫一言不发,洗干净后,挽着丞相王导的手,和他一起坐牛车走了。王夷甫在车里照着镜子,对王导说:"你看我的眼光,竟然超出牛背之上。"

九

【原文】

裴遐在周馥所,馥设主人①。遐与人围棋,馥司马行酒②。遐正戏,不时为饮,司马恚,因曳遐坠地。遐还坐,举止如常,颜色不变,复戏如故。王夷甫问遐:"当时何得颜色不异?"答曰:"直是暗当故耳。"

【注释】

①设主人:以主人身份备办酒食。

②馥司马:周馥手下的司马。周馥任平东将军,将军府下有司马,管一府之事。行酒:在宴会上主持行酒令、斟酒劝饮等事。

【译文】

裴遐在周馥家中,周馥以主人身份宴请大家。裴遐与人下围棋,周馥的司马依次给客人斟酒。裴遐正在下棋,时时要酒喝,司马很生气,便把他拽倒在地上。裴遐爬起来回到座位上,举动如常,脸色不变,照样下棋。后来王夷甫问他:"当时怎么能做到面不改色呢?"他回答说:"只不过是暗地忍受着罢了!"

一〇

【原文】

刘庆孙①在太傅府,于时人士多为所构②,唯庾子嵩纵心③事外,无迹可间④。后以其性俭家富,说太傅令换⑤千万,冀其有吝,于此可乘。太傅于众坐中问庾,庾时颓然⑥已醉,帻堕几上⑦,以头就穿取,徐答云:"下官家故可有两娑⑧千万,随公所取。"于是乃服。后有人向庾道此,庾曰:"可谓以小人之虑,度君子之心。"

【注释】

①刘庆孙:刘舆,字庆孙,在太傅司马越的官府中任长史。

②构:罗织罪状陷害人。

③纵心：放开心思，不关心事情。
④间（jiàn）：插在中间，乘间。
⑤换：借。
⑥颓然：形容精神不振的样子。
⑦帻（zé）：头巾。
⑧两娑：两三。

【译文】
　　刘庆孙在太傅府任职，在这期间，当时有很多人士被他设计陷害，只有庾子嵩不把心思放在世事上，使他没有空子可钻。后来就抓住庾子嵩生性吝啬而家境富裕这点，怂恿太傅向庾子嵩借千万钱，希望他表现得吝啬不肯借，然后在这里找到可乘之机。于是太傅就在大庭广众中间向庾子嵩借钱，这时庾子嵩已经醉醺醺的了，头巾颠落在小桌上，他把头伸进头巾里戴上，慢吞吞地回答说："下官家原来有两三千万，随您取多少。"刘庆孙这才佩服了。后来有人向庾子嵩谈起这件事，庾子嵩说："这可以说是以小人之心，度君子之腹。"

——

【原文】
　　王夷甫与裴景声①志好不同，景声恶②欲取之，卒不能回③。乃故诣王，肆言④极骂，要⑤王答己，欲以分谤。王不为动色，徐曰："白眼儿遂作。"

【注释】

①裴景声：裴邈，字景声。历太傅从事中郎、左司马，监东海王军事。

②恶：讨厌。

③回：改变。

④肆言：肆无忌惮地说。

⑤要：要挟，强迫。

【译文】

王夷甫与裴景声两人志趣、爱好不同，景声很讨厌王夷甫想任用自己，可是始终不能改变王夷甫的主意。于是就特意到王夷甫那里，肆意攻击，痛骂一番，迫使王夷甫回骂自己，想用这种办法使王夷甫分担别人的指责。王夷甫却始终不动声色，从容地说："白眼儿终于发作了。"

一二

【原文】

王夷甫长裴成公①四岁，不与相知。时共集一处，皆当时名士，谓王曰："裴令令望②何足计！"王便卿裴③，裴曰："自可全君雅志。"

【注释】

①裴成公：裴頠（wěi），字逸民，累迁尚书左仆射、侍中，死后的谥号是成。

②裴令：指裴楷，任中书令，很有名望，是裴颜的叔父。令望：美好的声望。

③卿裴：称裴为卿。这是把裴颜看成小辈的、不讲礼法的称呼。

【译文】

王夷甫比裴颜大四岁，两人彼此不是知交。有一次，两人聚会在一起，在座的都是当时的名士，有人对王夷甫说："裴令的名望哪里值得考虑！"王夷甫便称呼裴颜为卿，裴颜说："我自然可以成全您的高雅情趣。"

一三

【原文】

有往来者云："庾公①有东下意。"或谓王公："可潜稍严②，以备不虞③。"王公曰："我与元规虽俱王臣，本怀布衣之好。若其欲来，吾角巾④径还乌衣⑤，何所稍严！"

【注释】

①庾公：庾亮，字元规。按：晋成帝登位（公元325年）后，王导为司徒，录尚书事，和庾亮等参辅朝政。后来庾亮进号征西将军，都督六州诸军事，镇守武昌，有人劝他起兵东下入首都，罢免王导，因郗鉴不同意，才作罢。

②潜：暗中，秘密地。严：戒备。

③虞：预料。

④角巾：有棱角的头巾，是隐士所常戴的。这里指家居时的服饰。

⑤乌衣：建康城内的乌衣巷。东晋时王导、谢安这些贵族都住在这里。按：这句话指弃官家居。

【译文】

有来往于京都的人说："庾公有起兵东下的意图。"有人对王导说："应当暗地里加以严密防备，以备不测。"王导说："我和元规虽然都是国家大臣，但是本来就怀有布衣之交的情谊。如果他想来朝廷，我就径直回家当老百姓，略作戒备做什么！"

一四

【原文】

王丞相主簿欲检校帐下①，公语主簿："欲与主簿周旋，无为知人几案间事②。"

【注释】

①检校：检查核对。帐下：幕府中，这里指幕僚。
②几案间事：指案牍，即官府文牍案卷之事。

【译文】

丞相王导的主簿要去查核丞相府僚属的情况，王导对他说："我想和主簿交谈一下，不用去了解人家文牍案卷上的事。"

一五

【原文】

祖士少①好财,阮遥集好屐②,并恒自经营③。同是一累④,而未判其得失⑤。人有诣祖,见料视财物。客至,屏当⑥未尽,余两小簏⑦著背后,倾身障之,意未能平⑧。或有诣阮,见自吹火蜡屐⑨,因叹曰:"未知一生当著几量屐?"神色闲畅。于是胜负⑩始分。

【注释】

①祖士少:祖约,字士少,曾任豫州刺史。

②阮遥集:阮孚,字遥集,曾任吏部尚书、广州刺史。屐:木板鞋,鞋底下多有二齿。

③经营:料理。

④累:毛病。

⑤得失:高下,优劣。按:晋人推崇超脱、旷达,所以有一种嗜好,就看成是一种毛病。

⑥屏当:同"摒当"。料理,收拾。

⑦簏:竹箱子。

⑧意未能平:心神还不能平静,指有点慌张。

⑨蜡屐:把蜡涂在屐上,使它滑润。

⑩胜负:高下,优劣。按:这里并不从两种嗜好去品评,而从心胸开阔与否来判断高下。阮孚"不为外物所累",所以他胜于祖约。

【译文】

祖士少爱钱财,阮遥集爱木屐,两人经常都是亲自筹划制作。两种嗜好对他们来说同样是一种牵累,可是还不能从此判定两人的高下。有人到祖士少家,看见他正在收拾、查点财物。客人到了,还没有收拾完,剩下两小箱,他就放在背后,侧身挡着,还有点心神不定的样子。又有人到阮遥集家,看见他亲自点火给木屐打蜡,因此还叹息说:"不知这一辈子还会穿几双木屐!"说时神态安详自在。于是两人的高下才见分晓。

一六

【原文】

许侍中①、顾司空②俱作丞相从事③,尔时已被遇,游宴集聚,略无不同。尝夜至丞相许戏,二人欢极。丞相便命使入己帐眠。顾至晓回转,不得快孰④。许上床便哈台⑤大鼾。丞相顾诸客曰:"此中亦难得眠处。"

【注释】

①许侍中:许璪(zǎo),字思文,任从事、侍中,官至吏部侍郎。

②顾司空:顾和,字君孝,官至尚书令,死后追赠司空。

③从事:官名,是三公和州郡长官的属官。按:王导任扬州刺史时,召许、顾二人为从事。

④孰:指习惯。

⑤哈(hāi)台:打呼噜的声音。

【译文】

侍中许璪和司空顾和一起在丞相王导手下担任从事,当时两人都已经得到赏识并重用,凡是参加游乐、宴饮、聚会,两人都没有什么不同。有一次两人晚上到王导家玩,玩得高兴极了。王导便叫他们到自己的床上睡。顾和辗转反侧直到天亮,不能很快习惯。许璪一上床就鼾声如雷。王导回头对客人们说:"这里也难得到个睡觉的地方。"

一七

【原文】

庾太尉①风仪伟长,不轻举止,时人皆以为假。亮有大儿数岁,雅重之质②,便自如此,人知是天性。温太真尝隐幔怛之③,此儿神色恬然④,乃徐跪曰:"君侯⑤何以为此?"论者谓不减亮。苏峻时遇害。或云:"见阿恭⑥,知元规非假。"

【注释】

①庾太尉:庾亮,字元规,位至司空,死后追赠太尉。《晋书·庾亮传》说他美姿容,作风严整,动由礼节。

②雅重之质:高雅稳重的气质。

③幔(màn):帷帐。怛(dá)之:使他害怕,惊吓他。

④恬然:安静、无动于衷的样子。

⑤君侯:对列侯和地方高级官吏的尊称。

⑥阿恭:庾亮大儿子庾彬的小名。

【译文】

太尉庾亮的风度仪容奇伟出众,举止稳重,当时人们都认为他是假装出来的。庾亮有个大儿子只有几岁,高雅、稳重的气质,生来就是那样,人们才知道这是本性。温太真曾经藏在帷帐后面吓唬他,这孩子神色安详,只是慢慢地跪下问道:"君侯为什么做这样的事?"舆论界认为他的气质不亚于庾亮。他在苏峻叛乱时被杀害了。有人说:"看见阿恭的样子,就知道元规不是假装出来的。"

一八

【原文】

褚公于章安令迁太尉记室参军①,名字已显而位微,人未多识。公东出,乘估客船,送故吏数人投钱唐亭②住。尔时吴兴沈充为县令,当送客过浙江,客出,亭吏驱公移牛屋③下。潮水至,沈令起彷徨,问:"牛屋下是何物?"吏云:"昨有一伧父④来寄亭中,有尊贵客,权移之。"令有酒色,因遥问:"伧父欲食饼不?姓何等?可共语。"褚因举手答曰:"河南褚季野。"远近久承⑤公名,令于是大遽⑥,不敢移公,便于牛屋下修刺⑦诣公,更宰杀为馔具⑧,于公前鞭挞亭吏,欲以谢惭。公与之酌宴,言色无异,状如不觉。令送公至界。

【注释】

①褚公:褚裒,字季野,河南阳翟人(今河南禹州市)。在苏峻叛乱时,车骑将军郗鉴(后进位太尉)调他为参军。记室参军:官

名,掌管文书。

②送故:长官离任或殁于任所,属吏赠钱远送或护送灵柩回故乡,这叫送故,是当时风气。钱唐亭:钱唐县的驿亭,驿亭是供旅客留宿的公家客店。

③牛屋:牛棚子。晋人多以牛驾车,所以客店也有牛棚子。

④伧父(cāng fǔ):骂人的话,意为粗鄙的人。吴人称中州人为伧人。

⑤承:闻知。

⑥遽(jù):惶恐。

⑦修刺:备办名片。

⑧馔具:酒食。

【译文】

褚季野从章安县令升任太尉郗鉴的记室参军,他的名声已经很大,但是官位低,人们还不认识他。褚季野坐着商船往东去,和几位送旧官的属吏到钱唐亭投宿。这时,吴兴人沈充任钱唐县令,正好要送客过浙江,客人到来,亭吏就赶出褚季野,把他移到牛屋里。夜晚江水涨潮,沈县令起来在亭外徘徊,问牛屋里是什么人,亭吏说:"昨天有个北方佬来亭中寄宿,因为有尊贵客人,就姑且把他挪到这里。"县令这时已有几分酒意,便远远地问道:"北方佬想吃饼吗?你姓什么?可以出来交谈交谈。"褚季野便拱手回答道:"河南褚季野。"远近的人久仰褚季野的大名,县令于是大为惶恐。又不敢叫褚公到他那儿去,便在牛屋里呈上名片拜谒他,并且另外宰杀牲畜,整治酒食,还当着褚季野的面鞭责亭吏,想用这些做法来道歉,表示愧意。褚季野和县令对饮,言谈、脸色没有什么异样表现,好像对这一切都没在意似的。后来县令把他一直送到县界。

一九

【原文】

郗太傅①在京口,遣门生与王丞相书,求女婿。丞相语郗信:"君往东厢,任意选之。"门生归,白郗曰:"王家诸郎,亦皆可嘉,闻来觅婿,咸自矜持②。唯有一郎,在东床上坦腹③卧,如不闻。"郗公云:"正此好!"访之,乃是逸少④,因嫁女与焉。

【注释】

①郗(xī)太傅:郗鉴,曾兼徐州刺史,镇守京口。
②矜持:拘谨。
③坦腹:敞开上衣,露出腹部。按:后称人女婿为东床或令坦,本此。
④逸少:王羲之,字逸少,是王导的侄儿。

【译文】

太傅郗鉴在京口的时候,派门生送信给丞相王导,想在他家子侄中挑一位女婿。王导告诉郗鉴的信使说:"您到东厢房去,随意挑选吧。"门生回去禀告郗鉴说:"王家的那些公子还都值得夸奖,听说来挑女婿,就都拘谨起来。只有一位公子在东边床上袒胸露腹地躺着,好像没有听见一样。"郗鉴说:"正是这个好!"一查访,原来是王逸少,便把女儿嫁给了他。

二〇

【原文】

过江初,拜官,舆饰供馔①。羊曼拜丹阳尹,客来蚤②者,并得佳设③。日晏渐罄,不复及精。随客早晚,不问贵贱。羊固拜临海,竟日皆美供④,虽晚至,亦获盛馔。时论以固之丰华,不如曼之真率。

【注释】

①舆饰:都整治。舆:都,皆。按:《晋书·羊曼传》作"相饰"。供馔:酒宴。
②蚤:通"早"。
③佳设:盛宴,美味佳肴。
④美供:精美的酒宴。

【译文】

晋室南渡的初期,接受任命的新官,都要整治备办酒宴招待前来祝贺的宾客。羊曼出任丹阳尹时,客人来得早的,都能吃到丰盛的酒食。来晚了,备办的东西逐渐吃完了,就不能再吃上精美的酒食了。只是随客人来得早晚而不同,不管官位高低。羊固出任临海太守时,从早到晚都有精美的酒宴,虽然到得很晚,也能吃上丰盛的酒食。当时的舆论认为羊固的酒宴虽然丰盛、精美,但是比不上羊曼的本性真诚直率。

二一

【原文】

周仲智饮酒醉，瞋目还面谓伯仁曰："君才不如弟，而横①得重名！"须臾，举蜡烛火掷伯仁，伯仁笑曰："阿奴火攻，固出下策耳！"

【注释】

①横：意外，无缘无故。

【译文】

周仲智喝醉了酒，瞪着眼扭着头对他哥哥伯仁说："您的才能不如我，却凭空获得了大名声！"接着，举起点着的蜡烛扔到伯仁身上，伯仁笑着说："阿奴用火攻，原来是用的下策啊！"

二二

【原文】

顾和①始为扬州从事，月旦当朝②，未入顷，停车州门外。周侯诣丞相，历和车边，和觅虱，夷然③不动。周既过，反还，指顾心曰："此中何所有？"顾搏虱如故，徐应曰："此中最是难测地。"周侯既入，语丞相曰："卿州吏中有一令仆才④。"

【注释】

①顾和：字君孝。王导任扬州刺史时，调他做从事，后来官至

尚书令。

②月旦：农历每月初一。朝：下属进见长官。
③夷然：安然。
④令仆才：指做尚书令和仆射之才。

【译文】

顾和刚担任扬州州府从事的时候，每月初一该进见长官时，他还没有进入州府，就把车停在州府门外。这时武城侯周顗也到丞相王导那里去，从顾和的车子旁边经过，顾和正在抓虱子，安闲自在，没有理他。周顗已经过去了，又折回来，指着顾和的胸口问道："这里面装些什么？"顾和照样掐虱子，慢吞吞地回答："这里面是最难捉摸的地方。"周顗进府后，告诉王导："你的下属里有一个可做尚书令或仆射的人才。"

二三

【原文】

庾太尉①与苏峻战，败，率左右十余人乘小船西奔。乱兵相剥掠，射②，误中舵工，应弦而倒，举船上咸失色分散③。亮不动容，徐曰："此手那可使著贼④！"众乃安。

【注释】

①庾太尉：庾亮，死后追赠太尉。晋成帝时，庾亮任中书令，苏峻起兵时，诏为都督征讨诸军事。
②射：《晋书·庾亮传》作"亮左右射贼"。
③分散：《晋书·庾亮传》作"欲散"，于义为长。

④著贼：指射中盗贼。贼指苏峻一伙。按：误中舵工后，人人自危，恐受惩处。而庾亮只是淡淡地责备了一句，所以众乃安。

【译文】

太尉庾亮率军与苏峻作战，被打败，率领左右十几个随从乘坐小船向西逃去。这时叛乱的士兵正抢劫百姓，小船上的人用箭射贼兵，失手射中舵工，舵工随即倒下了，全船的人都吓得脸色发白想逃散。庾亮神色自若，慢慢说道："这样的手怎么可以用来杀贼！"大家这才安定下来。

二四

【原文】

庾小征西①尝出未还。妇母阮，是刘万安妻，与女上安陵②城楼上。俄顷，翼归，策③良马，盛舆卫④。阮语女："闻庾郎能骑，我何由得见？"妇告翼，翼便为于道开卤簿⑤盘马，始两转，坠马堕地，意色自若。

【注释】

①庾小征西：庾翼，是庾亮的弟弟。庾亮曾任征西将军，他死后，庾翼也升任征西将军，所以这里称小征西，以别于庾亮。

②安陵：地名。这可能是庾翼屯驻之地。

③策：用鞭子赶。

④舆卫：随队坐的车子和卫士。

⑤卤簿：仪仗。

【译文】

征西将军庾翼有一次外出还没有回到家。他的岳母阮氏是刘万安的妻子，与女儿一起登上安陵城楼观望。一会儿，庾翼回来了，骑着高头大马，带领着浩大的车马卫队。阮氏对女儿说："听说庾郎会骑马，我怎么能见一见呢？"庾翼妻子于是告诉庾翼，庾翼就为她在道上摆开仪仗，骑着马绕圈子，刚转了两圈，就从马上摔下来了，可是他神态自如，满不在乎。

二五

【原文】

宣武①与简文、太宰②共载，密令人在舆前后鸣鼓大叫。卤簿中惊扰，太宰惶怖求下舆。顾看简文，穆然③清恬④。宣武语人曰："朝廷间故复有此贤。"

【注释】

①宣武：桓温，谥号宣武。
②太宰：武陵王司马晞，晋穆帝即位后，升任太宰。
③穆然：镇静的样子。
④清恬（tián）：心神平和安适。

【译文】

桓温和简文帝、太宰同乘一辆车出行，桓温暗中叫人在车前车后敲起鼓来，大喊大叫。仪仗队伍中有人受到惊扰，太宰神色惊惶恐惧，要求下车。桓温回看简文帝，他却镇定自若，满不在乎。后来桓温告诉别人说:"朝廷里仍然有这样的贤君。"

二六

【原文】

王劭、王荟①共诣宣武,正值收庾希②家。荟不自安,逡巡③欲去;劭坚坐不动,待收信还,得不定④,乃出。论者以劭为优。

【注释】

①王劭、王荟:是王导的两个儿子。
②庾希:是皇亲国戚,兄弟皆为显贵。桓温忌恨他们,借故杀了他弟弟。后庾希聚众反,桓温派兵讨伐,庾希被俘,兄弟子侄五人被斩。
③逡(qūn)巡:有顾虑而徘徊不敢前进。
④得不定:得与不得成为定局。按:王劭只是想看个水落石出。

【译文】

王劭、王荟一起去拜访桓温,正好遇上桓温派人逮捕庾希一家。王荟感到心里不安,徘徊犹豫想离开;王劭却稳稳当当地坐着不动,直等到派去逮捕的官吏回来,知道事情的结果后才退出。评论者认为王劭比王荟强。

二七

【原文】

桓宣武与郗超议芟夷①朝臣,条牒②既定,其夜同宿。明晨起,呼谢安、王坦之入,掷疏③示之。郗犹在帐内。谢都无言,王直掷还,云:"多。"宣武取笔欲除,郗不觉,窃从帐中与宣武言。谢含笑曰:"郗生④可谓入幕宾⑤也。"

【注释】

①郗超:任大司马桓温的参军,接着又调任散骑侍郎,为桓温所器重。芟(shān)夷:除去。
②条牒:分项的文书。
③疏:给皇帝的奏议。
④生:先生的省称。
⑤入幕宾:古代将帅办公的地方称幕府,幕府中的属官是幕僚或幕宾。幕有帐幕意。郗超正在帐中,所以谢安这样嘲讽他。

【译文】

桓温与郗超商议撤换朝廷大臣的事,条款文书都已拟定后,当晚两人同一处歇息。第二天桓温一早起来,就传呼谢安和王坦之进来,把拟好的奏疏扔给他们看。当时郗超还在帐子里没起床。谢安看了奏疏,一句话也没说;王坦之径直扔回给桓温,说:"太多了。"桓温拿起笔想删去一些,这时郗超不自觉地偷偷从帐子里和桓温说话。谢安含笑说:"郗生可以说是入幕之宾呀。"

二八

【原文】

谢太傅盘桓东山时,与孙兴公诸人泛海戏①。风起浪涌,孙、王诸人色并遽,便唱②使还。太傅神情方王③,吟啸不言。舟人以公貌闲意说④,犹去不止。既风转急,浪猛,诸人皆喧动不坐。公徐云:"如此,将无归!"众人即承响⑤而回。于是审其量,足以镇安朝野。

【注释】

①谢太傅:谢安。按:谢安在出任官职前,曾在会稽郡的东山隐居,时常和孙兴公、王羲之、支道林等畅游山水。盘桓:徘徊,逗留。

②唱:提议。

③神情:精神兴致。王:通"旺"。

④说:通"悦",愉快。

⑤承响:应声。响,声音。

【译文】

太傅谢安隐居在东山,时常和孙兴公等人乘船到海上游玩。有一次起了风,浪涛汹涌,孙兴公、王羲之等人的神色全部惊恐失色,便提议掉转船头回去。谢安这时精神振奋,兴致正高,又朗吟又吹口哨,不发一言。船夫因为谢安神态安闲,心情舒畅,便仍然摇船向前。一会儿,风势更急,浪更猛了,大家都叫嚷骚动起来,坐不住。谢安慢条斯理地说:"这样看来,恐怕是该回去了吧!"大家立即响应,就回去了。从这件事里人们明白了谢安的气度,认为他完全能够镇抚朝廷内外,安定国家。

二九

【原文】

桓公伏甲设馔①,广延朝士,因此欲诛谢安、王坦之。王甚遽,问谢曰:"当作何计?"谢神意不变,谓文度曰:"晋祚②存亡,在此一行。"相与俱前,王之恐状,转见于色。谢之宽容,愈表于貌。望阶趋席,方作洛生咏,讽"浩浩洪流"③。桓惮其旷远④,乃趣⑤解兵。王、谢旧齐名,于此始判优劣。

【注释】

①"桓公"句:晋简文帝死时,桓温出镇在外,遗诏使桓温辅政,而没有满足他的篡位野心,他就以为是吏部尚书谢安和侍中王坦之(字文度)的主意,非常愤恨。后入朝,屯兵新亭,要谢、王前去迎接,想杀掉二人。甲,甲士,披铠甲的士兵。

②祚:皇位,这里指国家。

③望阶趋席:指到了台阶上就疾行就座。方作:通"仿作",仿效。洛生咏:用洛阳书生读书的语音来吟诗。浩浩洪流:这是嵇康《赠秀才入军》诗中的句子,意谓大河浩浩荡荡。

④旷远:旷达,心胸宽阔。

⑤趣(cù):通"促",急促。

【译文】

桓温预先埋伏好穿甲的士兵,设宴遍请朝中百官,想要趁此机会杀害谢安和王坦之。王坦之非常惊恐,问谢安:"应该采取什么办法?"谢安神色不变,对王坦之说:"晋朝的存亡,决定于我们这一次去的结果。"两人一起前去赴宴,王坦之惊恐的状态,越来越明显地表现在脸色上。谢安的宽宏大量,也在神态上表现得更加清楚。他到台阶上就快步入座,模仿洛阳书生读书的声音,朗诵起"浩浩洪流"的诗篇。桓温害怕他那种旷达的气量,便赶快撤走了埋伏的甲士。原先王坦之和谢安名望相等,通过这件事才分出了高低。

三〇

【原文】

谢太傅与王文度共诣郗超,日旰未得前,王便欲去,谢曰:"不能为性命忍俄顷①?"

【注释】

①"不能"句:郗超得到桓温的器重,掌生杀大权,所以谢安这样说。

【译文】

太傅谢安与王文度一起去拜访郗超,一直等到天色晚了还未能得到接见,王文度就想离开走了,谢安说:"你就不能为了性命再忍耐一会儿?"

三一

【原文】

支道林还东,时贤并送于征虏亭①。蔡子叔前至,坐近林公。谢万石后来,坐小远。蔡暂起,谢移就其处。蔡还,见谢在焉,因合褥②举谢掷地,自复坐。谢冠帻③倾脱,乃徐起,振衣就席,神意甚平,不觉瞋沮④。坐定,谓蔡曰:"卿奇人,殆坏我面。"蔡答曰:"我本不为卿面作计。"其后二人俱不介意。

【注释】

①还东:支道林原在建康,这时要回到东边的会稽郡东山。征虏亭:亭名。太安中征虏将军谢安所立,以后此亭逐渐成为送客之处。

②褥:坐垫。

③冠帻:头巾。

④瞋沮(jǔ):生气、颓丧。

【译文】

支道林要回到东边,当时的名士全到征虏亭为他送行。蔡子叔先到,就坐到支道林身旁。谢万石后到,坐得稍远点。蔡子叔走开了一会儿,谢万石就移坐到他的座位上。蔡子叔回来,看见谢万石坐在自己位子上,就连坐垫一块把谢掀翻到地上,自己再坐回原处。谢万石头巾都跌掉了,慢慢地爬起来,拍干净衣服,回到自己座位上去,神色很平静,看不出他生气或颓丧。坐好了,对蔡子叔说:"你真是个怪人,差点儿碰破了我的脸。"蔡子叔回答说:"我本来就没有替你的脸打算。"后来两个人都不介意。

三二

【原文】

郗嘉宾钦崇释道安德问,饷米千斛①,修书累纸②,意寄③殷勤。道安答直云:"损米④,愈觉有待⑤之为烦。"

【注释】

①释道安:释是释迦牟尼的简称,这里用来称和尚。道安是和尚名。斛(hú):十斗为一斛。

②累纸:一张纸叠一张纸。

③意寄:所寄托的心意。

④损米:对馈赠的客套语,指破费对方的米,等于说蒙惠赠米。

⑤有待:有所待,有依靠的东西。《庄子》讲有待、无待,认为无待才可以逍遥,即得到精神上的真正自由。释道安感叹自己还不能摆脱有待,仍须凭借外物,心灵得不到解脱。

【译文】

郗嘉宾很钦佩、推崇道安和尚的道德声望,赠送给他千斛米,并且写了一封长长的信,情意恳切深厚。道安的回信只是说:"蒙赐米,也更加觉得有所依靠是烦恼的。"

三三

【原文】

谢安南①免吏部尚书还东,谢太傅赴桓公司马出西②,相遇破冈。既当远别,遂停三日共语。太傅欲慰其失官,安南辄引以它端。虽信宿中涂③,竟不言及此事。太傅深恨在心未尽,谓同舟曰:"谢奉故是奇士。"

【注释】

①谢安南:谢奉,字弘道,曾任安南将军。按:谢奉是会稽郡山阴县人。这里所说的还东,盖指回到会稽。

②"谢太傅"句:谢安隐居在会稽郡东山,不肯出仕,后来征西大将军桓温请他出任司马,谢安才赴召。

③信宿:连住两夜。中涂:中途,半路。

【译文】

安南将军谢奉被免去吏部尚书的官职后回东边会稽,太傅谢安因为应召出任桓温的司马往西去,两人在破冈相遇。当此就要久别之时,便停留三天一起叙叙旧。谢安对他丢了官一事想安慰几句,谢奉总是借别的事避开这个问题。虽然两人半路上同住了两夜,却始终没有谈到这件事。谢安因为心意还没有表达出来,深感遗憾,就对同船的人说:"谢奉确实是个奇特的人。"

三四

【原文】

戴公①从东出,谢太傅往看之。谢本轻戴,见但与论琴书。戴既无忤色②,而谈琴书愈妙。谢悠然③知其量。

【注释】

①戴公:戴逵,字安道。居会稽郡剡县,不肯出仕,有清高之名。擅长琴棋书画。
②忤色:受辱的表情,不乐意的神色。
③悠然:闲适的样子。

【译文】

戴逵从东边会稽往京城来,太傅谢安去看望他。谢安原本轻视他,见面后,只是和他谈论琴法、书法。戴逵不但没有不乐意的表情,而且谈起琴法、书法来更加高妙。谢安从这里了解到他那种闲适自得的气量。

三五

【原文】

谢公与人围棋,俄而谢玄淮上信至①,看书竟,默然无言,徐向局②。客问淮上利害,答曰:"小儿辈大破贼。"意色举止,不异于常。

【注释】

①"俄而"句：公元383年，前秦王苻坚大发兵分道南侵，企图灭晋，军队屯驻淮水、淝水间。当时晋朝以谢安录尚书事，征讨大都督，谢安派他弟弟谢石、侄谢玄率军在淝水坚拒苻坚军，苻坚大败，这就是淝水之战。淮上，淮水上，这里指淮水战场上。

②向局：面向棋局。

【译文】

谢安和客人下围棋，不一会儿谢玄从淮河前线战场上派出的信使到了，谢安看完信后，默默地不作声，又慢慢地下起棋来。客人问他战场上的胜败情况，谢安回答说："孩子们大破贼兵。"说话间，神色、举动和平时没有两样。

三六

【原文】

王子猷、子敬①曾俱坐一室，上忽发火。子猷遽②走避，不惶③取屐；子敬神色恬然，徐唤左右扶凭④而出，不异平常。世以此定二王神宇⑤。

【注释】

①王子猷、子敬：王徽之，字子猷，官至黄门侍郎。王献之，字子敬，官至中书令。两人都是王羲之的儿子。

②遽：匆忙。

③不惶：没有时间。惶，通"遑"，空闲。

④扶凭：搀扶。按：当时贵族的一种气派是走路要由仆人搀扶着。
⑤神宇：神情气宇（气度）。

【译文】
王子猷与子敬曾经同坐在一间屋内，屋顶上忽然起火了。子猷急忙逃避，都来不及穿木板鞋；子敬却神色安详，慢悠悠地叫来随从，搀扶着再走出去，就跟平时一样。世人从这件事上判定二王神情气度的高下。

三七

【原文】
苻坚游魂①近境，谢太傅谓子敬曰："可将当轴②，了其此处。"

【注释】
①游魂：流散的魂魄，这是对敌寇的憎称。
②当轴：朝廷中的当权人物。

【译文】
苻坚像游魂似的逼近边境，太傅谢安对王子敬说："可以任命官居要职者为统帅，把他们就地消灭。"

三八

【原文】

王僧弥、谢车骑共王小奴许集①，僧弥举酒劝谢云："奉使君一觞。"谢曰："可尔。"僧弥勃然②起，作色曰："汝故是吴兴溪中钓碣③耳！何敢诪张④！"谢徐抚掌而笑曰："卫军，僧弥殊不肃省⑤，乃侵陵上国⑥也。"

【注释】

①王僧弥：王珉，小名僧弥。谢车骑：谢玄，死后赠车骑将军。谢玄叔父谢安，曾任吴兴太守，当时谢玄年少，曾随叔父住在吴兴。所以下文说到吴兴。后来谢玄任兖州刺史、徐州刺史，所以下文称他为使君。王小奴：王荟，字敬文，小名小奴，是王导的儿子，王珉的叔父。督浙江东五郡左将军，会稽内史，进号镇军将军，死后追赠卫将军，下文谢玄以卫军称呼王荟，似误，当称镇军为是。

②勃然：盛怒的样子。

③碣（jié）：谢玄的小名。按：谢玄喜欢钓鱼，所以这里既直称他的小名，又鄙视他为垂钓的贱民。僧弥以谢对他不礼貌而生气，当面骂谢，而谢则以玩笑对待，可称有雅量。

④诪（zhōu）张：欺骗，胡说。

⑤肃省：严肃明白。

⑥上国：指春秋时中原各国，这是对周围的夷狄等部族而言。这里用上国指自己，就等于把对方说成夷狄。按：谢玄在这句里也是直呼王珉的小名。

【译文】

王僧弥和车骑将军谢玄一起到王小奴家聚会，僧弥举起酒杯向谢玄劝酒说:"奉献使君一杯。"谢玄说:"该当如此。"僧弥见谢玄不客气,生气地站起来,满脸怒色地说:"你原先不过是吴兴山溪里垂钓的碣奴罢了!怎么敢这样胡言乱语!"谢玄慢慢拍着手笑道:"卫军,你看僧弥太不庄重,太不懂事了,外藩竟敢侵犯欺凌上国的人呀。"

三九

【原文】

王东亭为桓宣武主簿,既承藉①,有美誉,公甚欲其人地②为一府之望。初,见谢失仪③,而神色自若,坐上宾客即相贬笑。公曰:"不然,观其情貌,必自不凡。吾当试之。"后因月朝阁下伏,公于内走马直出突之,左右皆宕仆④,而王不动。名价⑤于是大重,咸云:"是公辅器⑥也。"

【注释】

①承藉:指继承、凭借祖先的福荫。按:王东亭即王珣,封东亭侯,是王导的孙子,年轻时就为桓温所敬重。
②人地:人品和门第。
③谢:问。仪:礼节。
④宕仆:摇摆跌倒。宕,同"荡"。
⑤名价:名声身价。
⑥公辅器:指相当于三公、辅弼大臣一类人才,后也指可以做宰相的人才。

【译文】

东亭侯王珣担任桓温的主簿职务,他凭借祖上的名位,已经拥有美好的名声，桓温很希望他在人品和门第上都能成为整个官府所敬仰的榜样。当初，他回答桓温问话时，有失礼之处，可是神色自若，在座的宾客立刻贬低并且嘲笑他。桓温说："不是这样的，看他的神情态度，一定不平常。我要试试他。"后来趁着初一僚属进见，王珣正在官厅里的时候，桓温就从后院骑着马直冲出来，手下的人都给吓得跌跌撞撞，王珣却稳坐不动。于是王珣声价大为提高，大家都说："这是辅弼大臣的人才呀。"

四〇

【原文】

太元末，长星见，孝武心甚恶之①。夜，华林园中饮酒，举杯属②星云："长星！劝尔一杯酒，自古何时有万岁天子？"

【注释】

①"太元"三句：太元是晋孝武帝的年号，据记载，太元二十年（公元395年）九月出现蓬星（即这里说的长星，是彗星的一种）。按：古人的迷信说法，蓬星出现是不吉利的，多预示兵灾。这里以为是预示帝王死，所以说没有万岁天子。见（xiàn），同"现"。

②属（zhǔ）：劝。

【译文】

太元末年，彗星出现，晋孝武帝心里非常厌恶它。夜间，他在华林园里饮酒，举杯向长星劝酒说："长星！敬你一杯酒，从古到今，什么时候有过万岁天子？"

四一

【原文】

殷荆州有所识,作赋,是束晳慢戏①之流。殷甚以为有才,语王恭:"适见新文,甚可观。"便于手巾函中出之。王读,殷笑之不自胜②。王看竟,既不笑,亦不言好恶,但以如意帖之而已③。殷怅然④自失。

【注释】

①束晳:字广微,任尚书郎,曾作《劝农赋》《饼赋》等,文颇诙谐。慢戏:不庄重、开玩笑。

②自胜:自制,克制自己。

③如意:器物名。用玉、骨等制成,可用来搔痒,也供指画、赏玩之用。帖:通"贴",压着。

④怅(chàng)然:失意、不痛快的样子。

【译文】

荆州刺史殷仲堪有了点见解,就写成一篇赋,是束晳那种游戏文章一类的。殷仲堪自认为很有才华,告诉王恭说:"我刚见到一篇新作,很值得看一看。"说着便从手中套子里拿出文章来。王恭一面读,殷仲堪一面得意地笑个不停。王恭看完后,既不笑,也不说文章好坏,只是拿个如意压着它罢了。殷仲堪很失望,心里觉得丢了点什么。

四二

【原文】

羊绥第二子孚,少有俊才,与谢益寿相好。尝蚤往谢许,未食。俄而王齐、王睹来,既先不相识,王向席有不说色①,欲使羊去。羊了不眄②,唯脚委③几上,咏瞩④自若。谢与王叙寒温数语毕,还与羊谈赏,王方悟其奇,乃合共语。须臾食下,二王都不得餐,唯属羊不暇。羊不大应对之,而盛进食,食毕便退。遂苦相留,羊义不住,直云:"向者不得从命,中国⑤尚虚。"二王是孝伯两弟。

【注释】

①向席:走到座位上,入座。说:同"悦"。
②眄(miǎn):斜看。
③委:放。
④咏瞩:吟咏、顾盼。
⑤中国:指腹中。按:二王原先想赶他走,后来又献殷勤,羊孚才说明所以不走是因为腹中尚空。

【译文】

羊绥的第二个儿子羊孚,年轻时就有着卓越超人的才智,与谢益寿很要好。有一次,他一大早就到谢家去,还没有吃早饭。一会儿王齐、王睹也来了,他们原先不认识羊孚,落了座,脸色就有点不高兴,想让羊孚离开。羊孚看也不看他们,只是把脚搭在小桌子上,无拘无束地吟诗、观赏。谢益寿和二王寒暄了几句后，回头仍旧和羊孚谈论、品评，二王方才体会出他不同一般，这才和他一起说话。一会儿摆上饭菜，二王一点也顾不上吃，只是不停地劝羊孚吃喝。羊孚也不大搭理他们，却大口大口地吃饭，吃完便告辞。二王苦苦挽留，羊孚不肯留下，只是说："刚才我不能顺从你们的心意马上走开，是因为肚子还是空空的。"二王是王孝伯的两个弟弟。

识鉴第七

【题解】

识鉴指能知人论世,鉴别是非,赏识人才。魏晋时代,讲究品评人物,其中有相当一部分涉及人物的品德才能,并由此预见这一人物未来的变化和优劣得失,如果这一预见终于实现,预见者就被认为有识鉴。品评也包括审察人物的相貌和言谈举止而下断语,这类断语一旦被证实,同样被认为有识鉴。这种有知人之明的人,能够在少年儿童中识别某人将来的才干和官爵禄位,也能够在默默无闻的人群中选拔超群的人才。

本篇主要记载识别人物的事例。相当一部分内容是记述根据某人过去的言谈、作为来断言他将来的成就或结局。例如从桓温过去参加博戏的表现,断言他领兵伐蜀必能成功。有的记载很简略,没有说明做出判断的依据。还有部分条目赞赏根据风采相貌来识别人物才能的人。例如第十六则记孟嘉成名后,原先不认识他的褚裒仅据"此君小异"而把他从众人中找了出来。

另一些条目赞扬了对事件有洞察力的人,这些人能见微知著,预见国家的兴亡、世事的得失。例如还提到了山涛预见天下将乱,反对"偃武修文",第二十八则记王珣从用人不当看出国家将亡。

有一些记载还是有一定启发的。例如郗超本来跟谢玄不和,在苻坚大兵压境时却能推断谢玄可以御敌，为国立功。这种不以个人爱憎来褒贬人物的品德值得肯定。

一

【原文】

曹公少时见乔玄①，玄谓曰："天下方乱，群雄虎争，拨而理之，非君乎？然君实乱世之英雄，治世之奸贼②。恨吾老矣，不见君富贵，当以子孙相累③。"

【注释】

①乔玄：字公祖，曾任尚书令。
②治世：太平盛世。奸贼：狡诈凶残的人。
③累：牵累。这里指把子孙托付给他照顾。

【译文】

曹操年轻时去见乔玄，乔玄对他说："天下正动荡不安，各路英雄如虎相争，能拨乱反正的，难道不是您吗？可是您其实是乱世中的英雄，盛世中的奸贼。遗憾的是我老了，看不到您富贵那一天，我要把子孙拜托给您照顾。"

二

【原文】

曹公问裴潜①曰："卿昔与刘备共在荆州，卿以备才如何？"潜曰："使居中国②，能乱人，不能为治；若乘边③守险，足为一方④之主。"

【注释】

①裴潜：字文行，曾避乱荆州，投奔刘表，刘备也曾依附刘表，曹操指的就是这事。

②居中国：占有中国，指处在京都的统治地位上。

③乘边：占据边境，即指防守边境。

④方：地区。

【译文】

曹操问裴潜道："你当初与刘备一起在荆州的时候，你认为刘备的才能怎么样？"裴潜说："如果让他治理国家，会扰乱百姓，不能得到太平；如果让他保卫边境，防守险要地区，就完全能够成为一个地区的首脑。"

三

【原文】

何晏、邓飏、夏侯玄并求傅嘏交①，而嘏终不许。诸人乃因荀粲说合之，谓嘏曰："夏侯太初一时之杰士，虚心于子，而卿意怀不可交。合则好成②，不合则致隙③。二贤若穆④，则国之休⑤。此蔺相如所以下廉颇也⑥。"傅曰："夏侯太初志大心劳⑦，能合虚誉⑧，诚所谓利口覆国⑨之人。何晏、邓飏有为⑩而躁，博而寡要，外好利而内无关龠⑪，贵同恶异，多言而妒前⑫。多言多衅，妒前无亲。以吾观之，此三贤者皆败德之人尔，远之犹恐罹祸，况可亲之邪？"后皆如其言。

【注释】

①"何晏"句：何晏等三人是三国时魏人，在当时名位都很高，后来都先后被司马氏杀害。傅嘏那时名位未显，看来三人不一定会追求和傅嘏结交，这里所述之事不大可靠。夏侯玄，字太初。

②好成：指有交谊。

③致隙：产生裂痕。

④穆：和睦。

⑤休：喜庆。

⑥"此蔺相如"句：蔺相如是战国时赵国人，因为完璧归赵之功拜为上卿，地位在大将廉颇之上。廉颇不服，就想羞辱他。蔺相如以国家利益为重，不愿做两虎相争之事，总是回避廉颇。廉颇听说后，负荆请罪。下，在下，这里指退让。

⑦心劳：心思劳累，用尽心思。

⑧虚誉：虚名，虚荣。

⑨利口覆国：用能言善辩来倾覆国家。《论语·阳货》说："恶利口之覆邦家者。"利口，言辞锋利。

⑩有为：有作为。

⑪关籥（yuè）：门闩，这里指检点约束。

⑫妒前：嫉妒超过自己的人。

【译文】

何晏、邓飏、夏侯玄都希望与傅嘏结交，可是傅嘏始终不答应。几个人便托荀粲去促成此事，荀粲对傅嘏说："夏侯太初是一代的俊杰，对您很虚心，而您心里却认为不行。如果能交好，就有了情谊；如果不行，就会产生裂痕。两位贤人如果能和睦相处，国家就吉祥。这就是蔺相如对廉颇退让的原因。"傅嘏说：

"夏侯太初，志向很大，用尽心思去达到目的，很能迎合虚名的需要，确实是所说的耍嘴皮子亡国的人。何晏和邓飏，有作为却很急躁；知识广博却不得要领；对外喜欢得到好处，对自己却不加检点约束；重视和自己意见相同的人，讨厌和自己意见不同的人；好发表意见，却忌妒超过自己的人。发表意见多，破绽也就多；忌妒别人胜过自己，就会不讲情谊。依我看来，这三位贤人，都不过是败坏道德的人罢了，离他们远远的还怕遭祸，何况是去亲近他们呢？"后来的情况都像他所说的那样。

四

【原文】

晋武帝讲武①于宣武场，帝欲偃武修文②，亲自临幸，悉召群臣。山公③谓不宜尔，因与诸尚书言孙、吴④用兵本意，遂究论，举坐无不咨嗟，皆曰："山少傅乃天下名言。"后诸王骄汰⑤，轻遘祸难⑥，于是寇盗处处蚁合，郡国多以无备，不能制服，遂渐炽盛，皆如公言。时人以谓山涛不学孙、吴，而暗与之理会⑦。王夷甫亦叹云："公暗与道合。"

【注释】

①讲武：讲授并练习武艺。
②偃（yǎn）武修文：停止武备，提倡教化。
③山公：山涛。曾任尚书、太子少傅，所以下文称山少傅。据《晋书·山涛传》载，灭了吴国后，晋武帝就搞偃武修文，撤除州郡武备，以炫耀天下太平。山涛不同意这种做法。
④孙、吴：孙武、吴起。孙武是春秋时代齐国人，著名军事家，

著有《孙子兵法》。吴起,是战国时代卫国人,著名将领。后世谈到擅长兵法的人,都是孙、吴并称。

⑤诸王:帝王给同族人的封爵,最高一级称王。诸王都有分封的土地,称为国或王国。骄汰:放纵,奢侈。

⑥轻遘祸难:指八王之乱。西晋初大封宗室,诸王拥兵自重。晋武帝死后,诸王互相攻杀,内讧达十六年,史称八王之乱。

⑦理会:理合,事理上相同。

【译文】

晋武帝命令军队在宣武场练武,他想停止武备,振兴文教,故亲自到场,并且把群臣们全都召集起来。山涛认为不宜这样做,便和诸位尚书谈论孙武、吴起用兵的本意,于是详尽地探讨下去,满座的人听有没有不赞叹的,大家都说:"山少傅所论才是天下的名言。"后来诸王放纵、奢侈,轻率地造成灾难,于是兵匪到处像蚂蚁一样聚合起来,郡、国多数因为没有武备不能制服他们,终于逐渐猖獗、蔓延,正像山涛所说的那样。当时人们认为山涛虽然不学孙、吴兵法,可是和他们的见解自然而然地相同。王夷甫也慨叹道:"山公所说的和常理暗合。"

五

【原文】

王夷甫父乂为平北将军,有公事,使行人论①,不得。时夷甫在京师,命驾见仆射羊祜、尚书山涛。夷甫时总角②,姿才秀异,叙致既快,事加有理,涛甚奇之。既退,看之不辍,乃叹曰:"生儿不当如王夷甫邪?"羊祜曰:"乱天下者,必此子也。"

【注释】

①行人:指使者,奉命执行任务的人。论:陈述,这里指向上陈述。

②总角:指未成年时。《晋书·王衍传》载,当时王衍(字夷甫)十四岁。

【译文】

王夷甫的父亲王乂(yì),担任平北将军,曾经有件公事,想派人去说明情况,却找不到这样的使者。当时王夷甫在京都,就坐车去谒见尚书左仆射羊祜和尚书山涛。王夷甫当时还是少年,风姿才华与众不同,不但陈述意见痛快淋漓,加以事实本身又理由充分,所以山涛认为他很不寻常。他告辞后,山涛一直目不转睛地看着他,终于叹息说:"生儿子难道不该像王夷甫吗?"羊祜却说:"扰乱天下的,一定是这个人。"

六

【原文】

潘阳仲见王敦小时,谓曰:"君蜂目已露,但豺声未振耳①。必能食人②,亦当为人所食"。

【注释】

①"君蜂"二句:古人认为蜂目而豺声的人是残忍的人。蜂目,

指像胡蜂样的眼睛。振,扬起。

②"必能"句:指会杀害别人,也会被人杀掉。

【译文】

潘阳仲见到王敦小时候的样子,就对他说:"您的眼睛已经露出了胡蜂一样的眼神,只是还没嗥出豺狼般的声音罢了。你一定能吃人,也会给别人吃掉。"

七

【原文】

石勒①不知书,使人读《汉书》。闻郦食其②劝立六国后,刻印将授之,大惊曰:"此法当失,云何得遂有天下?"至留侯谏,乃曰:"赖有此耳!"

【注释】

①石勒:东晋时代后赵的君主,羯族人,起兵反晋室,公元319年自称赵王。后来攻占了晋朝淮水以北大片土地。到330年又自称大赵天王,行皇帝事。

②郦食其(lì yì jī):是汉高祖刘邦的谋士。按:楚汉之争,项羽把刘邦困在荥阳,郦食其献计大封战国时代六国的后代,想以此壮大自己的势力,阻挠项羽的扩张。刘邦马上下令刻印章,准备加封。

【译文】

石勒不识字,叫别人读《汉书》给他听。当他听到郦食其劝刘邦把六国的后代立为王侯,刻了印章将要授给他们时,就大惊道:"这种做法会失去天下,怎能最终得到天下呢?"当听到留侯张良劝阻刘邦时,便说:"幸亏有这个人呀!"

八

【原文】

卫玠年五岁,神衿①可爱。祖太保②曰:"此儿有异,顾吾老,不见其大耳!"

【注释】

①神衿:胸襟。
②祖太保:指卫玠的祖父卫瓘,晋武帝时官至太保。

【译文】

卫玠五岁的时候,神态、胸怀都很可爱。祖父卫瓘说:"这孩子与众不同,只是我老了,看不到他长大成人了!"

九

【原文】

刘越石云:"华彦夏①识能不足,强果有余。"

【注释】

①华彦夏:华轶,字彦夏,任江州刺史,甚得士人欢心,心忧天下,只因不从晋元帝命令,被害。

【译文】

刘越石说:"华彦夏见识、才能显得不足,倒是倔强、果敢有余。"

一〇

【原文】

张季鹰辟齐王东曹掾①,在洛,见秋风起,因思吴中菰菜羹②、鲈鱼脍,曰:"人生贵得适意尔,何能羁宦③数千里以要名爵!"遂命驾便归。俄而齐王败,时人皆谓为见机④。

【注释】

①张季鹰:张翰,字季鹰,吴郡吴人。他在洛阳当官,看到当时战乱不断,就借想吃家乡名菜为由,弃官归家。齐王:司马冏(jiǒng),封为齐王。晋惠帝时任大司马,辅政,日益骄奢。公元306年,在诸王的讨伐中被杀。东曹:官名。主管二千石长史的调动等事。

②菰菜羹:《晋书·张翰传》作"苑菜、薄羹",与鲈鱼脍并为吴中名菜。

③羁宦:寄居在外地做官。

④见机:洞察事情的苗头。机,通"几"。

【译文】

张季鹰被任命为齐王的东曹属官,在首都洛阳,看见秋风起了,于是就想吃老家吴中的菰菜羹和鲈鱼脍,说道:"人生可贵的是能够顺心罢了,怎么能远离家乡到几千里外做官,来追求名声和爵位呢!"于是坐上车就南归了。不久齐王败死,当时人们都认为他能见微知著。

——

【原文】

诸葛道明①初过江左,自名道明,名亚王、庾之下。先为临沂令,丞相谓曰:"明府当为黑头公②。"

【注释】

①诸葛道明:诸葛恢,字道明。所以叫道明,就是志在使道昌明。初任临沂令,后避难渡江,累迁会稽太守、中书令。
②明府:汉代称太守为明府,晋以后也称县令为明府,王导是临沂人,所以称曾任临沂令的诸葛恢为明府。黑头公:指壮年时头发还没变白就升到二公之位的人。

【译文】

诸葛道明初到江南时,自己起名叫道明,名望仅次于王导、庾亮。他先前担任临沂县令,王导曾对他说:"明府将会任黑头三公。"

一二

【原文】

王平子素不知眉子①,曰:"志大其量,终当死坞壁间②。"

【注释】

①王平子：王澄，字平子，曾任荆州刺史。不知：不相知，没有情谊。眉子：王玄，字眉子，是王澄的侄儿，后代理陈留太守，大行威罚，被害。

②坞（wù）壁：构筑在村落外围的小型城堡，防寇盗用的建筑物。按：这句指志大其量，就很难有成就，终将在争夺天下的战乱中死于一隅。

【译文】

王澄向来对王玄没有好感，他评论王玄说："志向大于他的气量，终究会死在小城堡里。"

一三

【原文】

王大将军始下①，杨朗苦谏不从，遂为王致力。乘中鸣云露车②径前，曰："听下官鼓音，一进而捷。"王先把其手曰："事克，当相用为荆州。"既而忘之，以为南郡。王败后，明帝收朗，欲杀之。帝寻崩，得免。后兼三公③，署数十人为官属④。此诸人当时并无名，后皆被知遇。于时称其知人。

【注释】

①"王大"句：指晋明帝时王敦起兵反，东下京都一事。

②中鸣云露车：一种车子，或说即云车，亦名楼车，车上有望楼以窥敌进退。中鸣，指云车中设置鼓锣，指挥军队进退。

③三公:指三公尚书。据《晋书·职官志》载,西晋尚书省分吏部、三公等六曹,设六曹尚书。到东晋撤销三公曹只设五尚书。杨朗是东晋人,似不可能任三公尚书。

④署:任命。官属:官府属官。

【译文】

大将军王敦起初进军京都的时候,杨朗极力劝阻他,他不听从,杨朗终于为他尽力。在进攻时,杨朗坐着中鸣云露车一直到王敦面前,说:"听我的鼓音,一旦进攻就能获胜。"王敦握住他的手预先告诉他说:"战事胜利了,要用你来掌管荆州。"过后忘了这话,把他派到南郡做太守。王敦失败后,晋明帝下令逮捕了杨朗,想杀掉他。不久明帝死了,杨朗才得到赦免。后来兼任三公尚书,安排了几十人做属官。这些人在当时都没有什么名气,后来又都受到他的赏识重用。当时人们称赞他能识别人才。

一四

【原文】

周伯仁母冬至举酒赐三子曰①:"吾本谓度②江托足无所,尔家有相③,尔等并罗列吾前,复何忧!"周嵩起,长跪④而泣曰:"不如阿母言。伯仁为人志大而才短,名重而识暗,好乘人之弊,此非自全之道;嵩性狼抗,亦不容于世;唯阿奴碌碌⑤,当在阿母目下耳。"

【注释】

①周伯仁:周顗,字伯仁。下文的周嵩、阿奴指他的两个弟弟。

冬至：节气名。古人重视冬至节，这一天要祭祖、举行家宴、庆贺往来，像过年一样。

②度：通"渡"。

③有相：有吉相，有福相。

④长跪：古人坐时臀部放在脚后跟上，跪时伸直腰和大腿，挺直上身跪着，叫长跪，表示尊敬。

⑤碌碌：平庸无能。

【译文】

周伯仁的母亲在冬至这天的家宴上赐酒给三个儿子，对他们说："我本来以为避难过江以后没有地方可以立足安身，幸好在你们家有福气，你们几个都在我眼前，我还担心什么呢！"这时周嵩离座，恭敬地跪在母亲面前，流着泪说："并不像母亲说的那样。伯仁的为人志向很大而才能不足，名气很大而见识肤浅，喜欢利用别人的毛病来达到自己的目的，这不是保全自己的做法；我本性乖戾，也不会受到世人的宽容；只有小弟平平常常，将会在母亲的眼前陪伴您罢了。"

一五

【原文】

王大将军既亡，王应欲投世儒①，世儒为江州。王含欲投王舒，舒为荆州。含语应曰："大将军平素与江州云何，而汝欲归之？"应曰："此乃所以宜往也。江州当人强盛时，能抗同异②，此非常人所行。及睹衰厄，必兴恻③。荆州守文④，岂能作意表行事！"含不从，遂共投舒，舒果沉含父子于江。

彬闻应当来,密具船以待之,竟不得来,深以为恨。

【注释】

①"王应"句:王应是王敦的哥哥王含的儿子,过继给王敦,王敦派他任武卫将军,做自己的副手。王敦病重时,派王含为元帅,起兵造反,兵败后,王含便和王应逃奔王舒,王舒派人把他们沉到长江里。王舒和王彬(字世儒)是王敦的堂弟,王敦分调他们做荆州刺史和江州刺史。

②"江州"句:公元322年,王敦起兵攻下石头城时,杀了侍中周颛。王彬和周颛是故交,便前去哭尸,并责骂王敦犯上和杀害忠良。同异,偏义词,指"异",不同。

③愍恻(mǐn cè):怜悯,同情。

④守文:遵守文法,守法。

【译文】

大将军王敦病死之后,王应想去投奔王世儒,世儒当时担任江州刺史。王含想去投奔王舒,王舒当时担任荆州刺史。王含对王应说:"大将军一向与世儒的关系怎么样,而你却想去投靠他?"王应说:"这才是应该去的原因。江州刺史在人家强大的时候,能够坚持不同意见,这不是普通人所能做到的。到了看见人家衰败、危急时,就一定会表示同情。荆州刺史守法,怎么能按意料之外的做法办事!"王含不听他的意见,于是两人便一起投奔王舒,王舒果然把王含父子沉入长江。王彬听说王应会来,暗地里准备好了船来等候他们,他们竟然没能来,王彬深感遗憾。

一六

【原文】

武昌孟嘉①作庾太尉州从事,已知名。褚太傅有知人鉴②,罢豫章还,过武昌,问庾曰:"闻孟从事佳,今在此不?"庾云:"试自求之。"褚眄睐③良久,指嘉曰:"此君小异,得无是乎?"庾大笑曰:"然。"于时既叹褚之默识④,又欣嘉之见赏。

【注释】

①孟嘉:字万年,江夏人,家住武昌,所以称武昌孟嘉。太尉庾亮兼任江州刺史时,召为从事,也称州从事,是州府的属官。江州的首府在武昌县。

②"褚太傅"句:按:《晋书·孟嘉传》,褚裒当时任豫章太守,正月初一去谒见庾亮时,州府人士聚会在一起,于座中识别孟嘉。所记稍有不同。

③眄睐(miǎn lái):观察,打量。斜着眼看是眄,向旁边看是睐。

④默识:在不言中识别人物。

【译文】

武昌郡孟嘉任太尉庾亮手下的州从事时,已经出了名。太傅褚裒有识别人物的洞察力,他被免去豫章太守回家时,路过武昌,去见庾亮,问庾亮道:"听说孟从事很有才学,现在在这里吗?"庾亮说:"在座,你试着自己找找看。"褚裒观察了很久,指着孟嘉说:"这一位稍有不同,恐怕是他吧?"庾亮大笑道:"对。"当时庾亮既赞赏褚裒这种在不言中识别人物的才能,又高兴孟嘉受到了赏识。

一七

【原文】

戴安道年十余岁,在瓦官寺画。王长史见之,曰:"此童非徒能画,亦终当致名①。恨吾老,不见其盛时②耳!"

【注释】

①致名:得到名望。
②盛时:指盛年,青壮年,即指富贵显达之时。

【译文】

戴安道十多岁时,在京都瓦官寺作画。司徒左长史王濛看见他,说:"这孩子不仅能作画,将来还必能成名。遗憾的是我年纪大了,见不到他富贵的时候了!"

一八

【原文】

王仲祖、谢仁祖、刘真长俱至丹阳墓所省殷扬州①,殊有确然②之志。既反③,王、谢相谓曰:"渊源不起,当如苍生何?"深为忧叹。刘曰:"卿诸人真忧渊源不起邪?"

【注释】

①殷扬州：殷浩，字渊源，年轻时名声就很大，可是长期在祖先的墓地里结庐隐居。王、谢等人以为他的出处关系到东晋的兴亡，所以去看望他。后来出任建武将军、扬州刺史。

②确然：形容坚决、坚定。

③反：通"返"。

【译文】

王仲祖、谢仁祖、刘真长三人一起到丹阳郡殷氏墓地去探望扬州刺史殷渊源，谈话中知道他退隐的志向非常坚定。回来以后，王、谢互相议论说："渊源不肯出来做官，对老百姓该怎么办呢！"为此非常忧虑、叹惜。刘真长说："你们这些人真的担心渊源不出仕吗？"

一九

【原文】

小庾临终，自表以子园客为代①。朝廷虑其不从命，未知所遣，乃共议用桓温。刘尹曰："使伊去，必能克定西楚②，然恐不可复制。"

【注释】

①"小庾"二句：小庾指庾翼，是庾亮的弟弟，在庾亮死后，任安西将军、荆州刺史。后来病重，上奏章推荐二儿子庾爰之代理荆州刺史一职。园客，庾爰之的小名。

②西楚：一个区域，各时代所指具体地区不一致，这里指晋国西部地区。按：庾翼死后，任桓温为安西将军、荆州刺史，桓温首先起兵西伐，平定蜀。

【译文】

庾翼临死时，亲自上奏章推荐自己的儿子庾爰之代理职务。朝廷担心他不肯听从命令，不知该派谁去担任荆州刺史，于是一同商议用桓温为荆州刺史。丹阳尹刘真长说："派他去，一定能克服并安定西部地区，可是恐怕以后就再也控制不了他了。"

二〇

【原文】

桓公将伐蜀①，在事诸贤咸以李势在蜀既久，承藉累叶②，且形据上流，三峡未易可克。唯刘尹云："伊必能克蜀。观其蒲博③，不必得则不为。"

【注释】

①"桓公"句：公元346年桓温率水军伐蜀，当时李势正子承父业，占据蜀地称王，国号为汉。到347年桓温攻入成都，李势投降，汉国亡。
②累叶：累世，好几代。按：自李特起兵反，传至李势，已经六世，四十多年。
③蒲博：蒲指樗（chū）蒲，是一种赌博游戏。

【译文】

桓温将要讨伐蜀地，当时居官的贤明人士都认为李势在蜀地已经很久,他凭借祖宗几代的基业,而且在地理形势又居上游,长江三峡不是轻易能够攻克的。只有丹阳尹刘真长说:"他一定能攻克蜀地。从他赌博可以看出,没有必胜的把握,他是不会干的。"

二一

【原文】

谢公在东山畜妓①,简文②曰:"安石必出,既与人同乐,亦不得不与人同忧。"

【注释】

①妓:歌女,舞女。按:谢安石隐居会稽郡的东山时,常和王羲之等人纵情山水,每次出游,都带着歌舞伎。
②简文:谢安隐居时,简文帝司马昱尚未登位,仍任丞相。

【译文】

谢安在东山隐居时养着一班歌伎舞女,简文帝说:"安石必定会出山,他既然能与人同乐,也就不得不和人同忧。"

二二

【原文】

郗超与谢玄不善。苻坚将问晋鼎①,既已狼噬梁、岐②,又虎视淮阴③矣。于时朝议遣玄北讨,人间④颇有异同之论。

唯超曰："是必济事。吾昔尝与共在桓宣武府⑤，见使才皆尽，虽履屐⑥之间，亦得其任。以此推之，容必能立勋。"元功⑦既举，时人咸叹超之先觉⑧，又重其不以爱憎匿善。

【注释】

①问晋鼎：指篡夺晋室政权。传说夏代铸九鼎，后来作为国家权力的象征，成了传国之宝。《左传·桓公三年》载，楚王出征，到达周朝境内，问起九鼎的大小轻重，以表示要夺取周朝的天下。

②梁、岐：晋孝武帝宁康元年（公元373年），前秦苻坚攻占梁州、益州。岐，可能是"益"字之误，也可能是指岐山。到公元379年，苻坚南犯，沿淮水的各郡县多沦陷。公元383年又大举南侵，企图灭晋，因此有淝水之战。所说"虎视淮阴"，即此期间事。

③淮阴：县名，属徐州广陵郡，在今江苏省淮安市西北。

④间：悄悄地，私下里。

⑤"吾昔"句：谢玄曾被桓温召去任军府的属官，后来调任征西将军桓豁的司马。苻坚南侵时，谢安推荐他，当时中书侍郎郗超认为谢玄有才，不会辜负重任，于是调为建武将军、兖州刺史、监江北诸军事。后连破苻坚军队，直至淝水之战，大败苻坚。郗超在桓温任征西大将军时也任军府的属官。后来桓温升任大司马，他又调为参军。

⑥履屐：都是鞋，这里比喻小事。

⑦元功：大功。

⑧先觉：有预见。

【译文】

郗超与谢玄关系不好。苻坚打算灭亡晋朝，他已经侵吞了梁州、岐山，又虎视眈眈地注视着淮阴地区。这时朝廷商议派谢玄北伐苻坚，人们私下里很有些不赞成的论调。只有郗超同意，他说:"这个人一定能成事。我过去曾经和他一起在桓宣武的军府共事,发现他用人都能人尽其才,即使是小事,也能使各人得到适当安排。从这里推断,想必他能建立功勋。"大功告成以后,当时人们都赞叹郗超有先见之明,又敬重他不因为个人的爱憎而埋没别人的长处。

二三

【原文】

韩康伯与谢玄亦无深好。玄北征后,巷议疑其不振。康伯曰:"此人好名,必能战。"玄闻之,甚忿,常于众中厉色①曰:"丈夫提千兵入死地,以事君亲故发②,不得复云为名!"

【注释】

①厉色:神色严厉。
②君亲:君和亲,偏指君主。发:出兵。

【译文】

韩康伯和谢玄也没有很深的交情。谢玄北伐苻坚后,街谈巷议都怀疑他不能奋力作战。韩康伯说:"这个人喜好功名,一定能作战。"谢玄听到这话非常生气,曾经在大庭广众中声色俱厉地说:"大丈夫率领千军进入决死之地,是为了报效君主才出征,不能再说是为功名。"

二四

【原文】

褚期生少时,谢公甚知之,恒云:"褚期生若不佳者,仆不复相士①!"

【注释】

①相士:观察士人的命相以鉴别人才。

【译文】

褚期生年轻时,谢安很赏识他,经常说:"褚期生如果还不优秀,我就不再鉴别人才了!"

二五

【原文】

郗超与傅瑗周旋。瑗见①其二子,并总发②,超观之良久,谓瑗曰:"小者才名皆胜,然保卿家,终当在兄。"即傅亮③兄弟也。

【注释】

①见(xiàn):引见。
②总发:即总角,指幼年、未成年时。
③傅亮:晋宋时人,曾任尚书令、左光禄大夫,后因罪被杀,

他哥哥傅迪，位至五兵尚书。

【译文】

郗超与傅瑗有应酬交往。傅瑗让自己的两个儿子出来拜见郗超，两人都还是小孩子，郗超对他们观察了很久，对傅瑗说："小的将来才学名望都超过他哥哥，可是保全你们一家的，终究是哥哥。"所说的就是傅亮兄弟。

二六

【原文】

王恭随父在会稽，王大自都来拜墓，恭暂往墓下看之。二人素善，遂十余日方还。父问恭："何故多日？"对曰："与阿大语，蝉连①不得归。"因语之曰："恐阿大非尔之友，终乖爱好。"果如其言。

【注释】

①蝉连：连续不断。

【译文】

王恭跟随父亲住在会稽郡，王忱从京都来会稽扫墓，王恭到墓地去看望了他一下。他俩一向很要好，索性住了十多天才回家。王恭的父亲问他为什么住了许多天，王恭回答说："和阿大谈话，谈起来没完，没法回来。"他父亲就告诉他说："恐怕阿大不是你的朋友。"后来两人的爱好终于相反，果然和他父亲的话一样。

二七

【原文】

车胤父作南平郡功曹①,太守王胡之避司马无忌之难②,置郡于鄂阴。是时胤十余岁,胡之每出,尝于篱中见而异焉,谓胤父曰:"此儿当致高名。"后游集,恒命之。胤长,又为桓宣武所知③,清通于多士之世④,官至选曹尚书⑤。

【注释】

①车胤(yìn):字武子。少年家贫,夏夜则用袋装萤火虫来借光读书,车胤囊萤的故事就是指他。功曹:官名,郡守的属官,掌人事和参与政务。

②司马无忌之难:南郡、河东二郡太守司马无忌的父亲司马承原为湘州刺史,在王敦起兵叛乱时被俘,押送途中,王敦派王廙在半道上把他杀害了。王廙的儿子就是王胡之。王胡之怕司马无忌为父报仇,就想避开无忌。

③"又为"句:桓温任安西将军、荆州刺史时,召车胤为从事,渐升为主簿、别驾、征西长史,终于名显于朝廷。

④清通:清廉通达。多士:人才众多。

⑤选曹尚书:吏部尚书。吏部在东汉时代称为吏部曹,末期改称选部曹,魏晋以后又称吏部,掌管用人之权。

【译文】

车胤的父亲担任南平郡功曹的时候,太守王胡之为了要避开司马无忌的报复,就把郡的首府设在鄂阴。此时车胤十多岁,王胡之每次外出,都曾隔着篱笆看见他,对他感到惊奇,王胡之对车胤父亲说:"这孩子将会得到很高的名望。"后来遇有游玩、聚会等事,经常把他叫来。车胤长大后,又受到桓温的赏识,在那人才济济的时代里,以清廉通达知名,官做到吏部尚书。

二八

【原文】

王忱死①,西镇未定,朝贵人人有望。时殷仲堪在门下②,虽居机要,资名轻小,人情未以方岳③相许。晋孝武欲拔亲近腹心,遂以殷为荆州。事定,诏未出,王珣④问殷曰:"陕西何故未有处分⑤?"殷曰:"已有人。"王历问公卿⑥,咸云:"非。"王自计才地,必应在己。复问:"非我邪?"殷曰:"亦似非。"其夜,诏出用殷。王语所亲曰:"岂有黄门郎而受如此任!仲堪此举,乃是国之亡征。"

【注释】

①"王忱"句:王忱原任荆州刺史,荆州是晋朝的西部重镇,历来都派重臣镇守,所以大家都想得到这一职位。

②门下:官署名,即门下省。按:殷仲堪当时为太子中庶子,职责如同侍中,又兼任黄门侍郎。黄门侍郎是门下省官员。

③方岳:四岳,指四方诸侯国,这里指方镇,即镇守一方的长官。

④王珣:当时任尚书左仆射。

⑤陕西:指荆州。按:周朝的周公、召公是辅佐王室的,两人所管辖的地区以王畿陕地分界,周公管陕地以东,召公管陕地以西。

而东晋时代，护卫首都的两个重镇是西部的荆州和东部的扬州，所以就用周公、召公分陕而治一事来比拟，称荆州为陕西或西陕。处分：处理；安排。

⑥历：逐个。公卿：三公九卿，大官。

【译文】

王忱死后，西部地区长官的人选还没有确定，朝廷显贵们都对这个官位存有希望。当时殷仲堪在门下省任职，虽然位居机要部门，但是资历浅、名望小，大家的心意还不赞成把地方长官的重任交给他。可是晋孝武帝想提拔自己的亲信心腹，就委任殷仲堪为荆州刺史。事情已经决定了，诏令还没有发出时，王珣问殷仲堪："荆州为什么还没有安排人选？"殷说："已经有了人选。"王珣就历举大臣们的名字，一个个问遍了，殷仲堪都说不是。王珣估量自己的才能和门第，认为一定是自己了。又问："不是我吧？"殷说："好像也不是。"当夜下达诏令任用殷仲堪。王珣对亲信说："哪里有黄门侍郎却能担负起这样的重任！对仲堪的这种提拔，就是国家灭亡的预兆。"

赏誉第八

【题解】

赏誉指赏识并赞美人物，这是品评人物的风气所形成的。品评是士大夫生活的重要组成部分，当时士大夫常在各种情况下评论人物的高下优劣，其中一些正面的、肯定的评语被记录在本篇里，都是很简练而且被认为是恰当的话。从中可以看出士族阶层的追求和情致。

从所搜集的评语看，他们所赞赏的内容很广泛，可以说是有什么就赞什么，有一点可赞的就赞一点，举凡品德、节操、本性、心地、才情、识见、容貌、举止、神情、风度、意趣、清谈、为人处世等等，都在赏誉之列。这是可以理解的，因为他们佩服这些方面表现突出的人。其中有一些赞誉因为记载过于简略，没有记述说话的环境，至今时过境迁，令人难以了解是指哪些方面而言的。另外，如显示尊贵、喜好饮酒、会欣赏山光水色等，也受到赞誉。尊贵，是士族阶层所自诩的异于平民百姓的特点，如果言行神采显示出这种身份，自然会成为学习的榜样。例如第八十则记殷浩评王羲之为"清贵人"。鼓吹纵情饮酒，也许在开始时有愤世嫉俗而借酒浇愁之意，以后逐渐也被视为名士风流，借纵酒来表现超脱、放诞，或跻身名士。在世事纷争之中，与其机关算尽，何如酣饮一醉？于是饮酒也成了名士的一个特点。例如刘尹云"见何次道饮酒，使人欲倾家酿"，这里同时也赞扬了他的酒德。至于寄情山水之间，更是名士借以表达意趣超脱或超然物外的心境的一种追求，自然会得到很高的评价。例如谢太傅称王脩龄曰"司州讵与林泽游"。而对山水无心、缺乏欣赏眼光，就会受人讥笑。例如第一〇七则说："孙兴公为庾公参军，共游白石山，卫君长在坐。孙曰：'此子神情都不关山水，而能作文。'"

还有一些评语，或者直接称赞其某一方面的特点，例如第一四八则记王子敬对谢安说"公故萧洒"。或者拿某人做对比，例如大将军语右军："汝是我佳子弟，当不减阮主簿。"或者以器物甚至飞禽走兽做比喻，例如第六十九则说："世称'庾文康为丰年玉，稚恭为荒年谷。'"第四则说："公孙度目邴原：'所谓云中白鹤，非燕雀之网所能罗也。'"或者通过衬托或比较来赞美，例如第四十五则记："王平子迈世有俊才，少所推服。每闻卫玠言，辄叹息绝倒。"卫玠的清谈竟然得到"少所推服"的人的赞叹倾倒，足见其何等迷人。又如桓大司马病，谢公往省病，从东门入。桓公遥望，叹曰："吾门中久不见如此人！"常人无法比拟的谢安的神采、举止就跃然于纸上了。

本篇也有一些条目非赞非弹，收入此篇，并不恰当。

一

【原文】

陈仲举尝叹曰："若周子居①者，真治国之器。譬诸宝剑，则世之干将②。"

【注释】

①周子居:周乘,字子居,东汉人,官至泰山太守。

②干将:宝剑名。传说吴王阖闾叫吴人干将铸剑,后来铸成两把剑,雄剑叫干将,雌剑叫莫邪。

【译文】

陈仲举曾经赞叹地说:"像周子居这样的人,确实是治国的人才。拿宝剑来打比方,他就是当代的干将。"

二

【原文】

世目①李元礼:"谡谡②如劲松下风。"

【注释】

①目:品评。以某一方式指出人或物的独特之处。

②谡谡(sù sù):劲挺有力貌。

【译文】

世人评论李元礼说:"像挺拔的松树下呼啸而过的疾风。"

三

【原文】

谢子微见许子将兄弟①曰:"平舆之渊,有二龙焉。"见许子政弱冠之时，叹曰："若许子政者，有干国②之器。正色忠謇，则陈仲举之匹③；伐恶退不肖，范孟博④之风。"

【注释】

①许子将兄弟：东汉末汝南郡平舆县人。哥哥许虔，字子政；弟弟许劭，字子将。

②干国：治国。

③忠謇（jiǎn）：忠诚、正直。陈仲举：平舆汝南郡县人，有肃清天下之志，反抗贵戚，谋诛宦官，被誉为忠正。匹：成对，相当。

④范孟博：范滂，字孟博，汝南郡细阳县人，也有肃清天下之志。

【译文】

谢子微见许子将兄弟俩时便说："平舆县的深潭里有两条龙。"他看见二十来岁的许子政时，赞叹说："像许子政这个人，有治国的才能。态度严正，忠诚正直，这点和陈仲举相当；打击坏人，斥退品行不端的人，这又有范孟博的风度。"

四

【原文】

公孙度目邴原①："所谓云中白鹤，非燕雀之网所能罗也。"

【注释】

①邴（bǐng）原：三国时魏人，避乱到辽东，受到公孙度的礼

遇，后想回家，公孙度曾劝阻他，他便偷偷地走了。吏役想去追回他，公孙度说他是白鹤，自己无法挽留这样的人才。

【译文】

公孙度评论邴原说："他就是人们所说的云中白鹤，不是用捕燕雀的网所能捕到的。"

五

【原文】

钟士季目王安丰①："阿戎了了解人意。"谓："裴公②之谈，经日不竭。"吏部郎阙，文帝问其人于钟会，会曰："裴楷清通，王戎简要③，皆其选也。"于是用裴。

【注释】

①钟士季：钟会，字士季。王安丰：王戎，字浚冲，伐吴有功，封为安丰侯。

②裴公：据刘孝标注，裴公指裴颜。但是从上下文看，似应指他叔父裴楷；从《晋书》看，裴楷和钟会有关系，而裴颜和钟会似无关联。

③裴楷：字叔则，曾任中书令。所以后文也称裴令公。简要：简约扼要。严复说："清通者，中清而外通也；简要者，知礼法之本而所行者简：二者皆老庄之道。"

【译文】

钟士季评论安丰侯王戎："阿戎聪明伶俐，懂得别人的心意。"又评论道:"裴公的善谈,一整天都说不完。"吏部郎这个职位空出来了,晋文帝司马昭问钟会谁是适当的人选,钟会回答:"裴楷清廉通达,王戎能掌握要领而处事简约,都是适当的人选。"于是委任裴楷。

六

【原文】

王濬冲、裴叔则二人总角诣钟士季,须臾去,后客问钟曰:"向二童何如?"钟曰:"裴楷清通,王戎简要。后二十年,此二贤当为吏部尚书,冀尔时天下无滞才①。"

【注释】

①滞才:被遗漏的人才。按:吏部主管官吏的任免考选。

【译文】

王戎、裴楷两人童年时拜访钟士季。不一会儿他们就走了,后走的客人问钟士季:"刚才那两位童子怎么样?"钟士季说:"裴楷清廉通达,王戎简约扼要。二十年以后,这两位贤才会做吏部尚书,希望那时候天下没有被遗漏的人才。"

七

【原文】

谚①曰:"后来领袖有裴秀②。"

【注释】

①谚：在群众间流传的谚语。

②裴秀：字季彦，晋初封巨鹿公，累迁左光禄大夫、司空。是裴楷的堂兄。

【译文】

谚语说："后辈中成长起来的领袖有裴秀。"

八

【原文】

裴令公目夏侯太初："肃肃如入廊庙中①，不修敬而人自敬。"一曰："如入宗庙，琅琅②但见礼乐器。见钟士季，如观武库，但睹矛戟③。见傅兰硕，江廧④靡所不有。见山巨源，如登山临下，幽然⑤深远。"

【注释】

①"肃肃"句：《礼记·檀弓下》："社稷宗庙之中，未施敬于民而民敬。"意指未使人们致敬意而人们肃然起敬。这里用其意。肃肃，形容恭敬。廊庙，指朝廷。

②琅琅：形容玉的光彩。

③矛戟：矛和戟都是兵器。

④江廧：当作"汪翔"，《晋书·裴楷传》作"汪翔"（翔、廧，音近借用），即汪洋，广大，浩大。

⑤幽然：形容深远。

【译文】

中书令裴楷评论夏侯太初说:"看到他严正的样子就像进入朝廷,人们无心加强敬意,却自然会肃然起敬。"另一种说法是:"好像进入宗庙之中,只看见礼器和乐器琳琅满目。看见钟士季,好像参观武器库,矛戟森森,全是兵器。看见傅兰硕,像是一片汪洋,浩浩荡荡,无所不有。看见山巨源,好像登上山顶往下看,幽深得很。"

九

【原文】

羊公①还洛,郭奕②为野王令。羊至界,遣人要之,郭便自往。既见,叹曰:"羊叔子何必减③郭太业!"复往羊许,小悉④还,又叹曰:"羊叔子去人⑤远矣!"羊既去,郭送之弥日,一举数百里,遂以出境免官。复叹曰:"羊叔子何必减颜子⑥!"

【注释】

①羊公:羊祜,字叔子,博学能文,善谈论。
②郭奕:字太业。
③减:不如,次于。
④小悉:少顷,不多久。
⑤去人:离开别人,超过别人。
⑥颜子:颜回,孔子最得意的学生。

【译文】

羊祜回到洛阳,路过野王县,当时郭奕担任野王县令。羊祜到了野王县界后,派人去请郭奕来会一会,郭奕就自己去了。见面后,郭奕赞叹说:"羊叔子何必要不如我郭太业呢!"过后再前往羊祜住所,不多久便回去,又赞叹道:"羊叔子远远超过一般人啊!"羊祜走了,郭奕送了他一整天,一送就送了几百里,终于因为出了县境违反法制被免官。他仍旧赞叹道:"羊叔子哪里一定比颜回差呢!"

一〇

【原文】

王戎目山巨源:"如璞玉浑金①,人皆钦其宝,莫知名②其器。"

【注释】

①璞玉浑金:未经雕琢的玉和未经提炼的金,比喻本质真纯质朴。
②名:命名。

【译文】

王戎评论山巨源说:"他像是未经雕琢的玉石,人人都看重它是宝物,可是没有谁知道该给它取个什么名字。"

一一

【原文】

羊长和父繇与太傅祜同堂①相善,仕至车骑掾,蚤卒。长和兄弟五人幼孤。祜来哭,见长和哀容举止,宛②若成人,乃叹曰:"从兄不亡矣!"

【注释】
①同堂:同一祖父。
②宛:仿佛。

【译文】
羊长和的父亲羊繇与太傅羊祜是堂兄弟,彼此很友爱,羊繇做官做到车骑将军府的属官,很早就死了。长和兄弟五人,年纪很小就成了孤儿。羊祜来哭丧,看见长和那种悲痛的神情举止,像个成年人,便叹道:"堂兄没有死,后继有人了!"

一二

【原文】
山公举阮咸为吏部郎,目曰:"清真①寡欲,万物不能移也。"

【注释】
①清真:纯洁真挚。

【译文】
山涛推荐阮咸出任吏部郎,评论阮咸说:"他纯洁真挚,没有多少私欲,任何事物也改变不了他的志向。"

一三

【原文】

王戎目阮文业:"清伦①有鉴识,汉元②以来,未有此人。"

【注释】

①清伦:言行高洁,通晓伦理。
②汉元:汉初。

【译文】

王戎评论阮文业说:"人品清高,通伦理,有知人论世之明,从汉初以来还没有这样的人。"

一四

【原文】

武元夏目裴、王曰:"戎尚约,楷清通。"

【译文】

武元夏评论裴楷、王戎两人说:"王戎注重简要,裴楷清廉通达。"

一五

【原文】

庾子嵩目和峤:"森森①如千丈松,虽磊砢②有节目③,施之大厦,有栋梁之用。"

【注释】

①森森:高耸的样子。
②磊砢(lěi luǒ):形容众多。
③节目:分出树杈的地方,圪节。

【译文】

庾子嵩评论和峤说:"他就像高耸入云的千丈青松,虽然树上多节,可是用它来盖高楼大厦,还是可以用做栋梁材。"

一六

【原文】

王戎云:"太尉神姿高彻①,如瑶林琼树②,自然是风尘③外物。"

【注释】

①太尉:指王衍,字夷甫,官至太尉。神姿:风姿。高彻:高雅清澈。

②瑶林琼树：瑶、琼都是美玉，泛指精美的东西。
③风尘：尘世，世俗。

【译文】

王戎说："太尉的风度仪态高雅清澈，好像晶莹的玉树，自然是世俗之外的人了。"

一七

【原文】

王汝南既除所生服①，遂停墓所。兄子济每来拜墓，略不过②叔，叔亦不候。济脱③时过，止寒温而已。后聊试问近事，答对甚有音辞，出济意外，济极惋愕。仍与语，转造精微。济先略无子侄之敬，既闻其言，不觉懔然④，心形惧肃⑤。遂留共语，弥日累夜。济虽俊爽，自视缺然⑥，乃喟然⑦叹曰："家有名士，三十年而不知！"济去，叔送至门。济从骑⑧有一马，绝难乘，少能骑者。济聊问叔："好骑乘不？"曰："亦好尔。"济又使骑难乘马，叔姿形既妙，回策如萦⑨，名骑无以过之。济益叹其难测，非复一事。既还，浑问济："何以暂行累日？"济曰："始得一叔。"浑问其故，济具叹述如此。浑曰："何如我？"济曰："济以上人。"武帝每见济，辄以湛调之曰："卿家痴叔死未？"济常无以答。既而得叔后，武帝又问如前，济曰："臣叔不痴。"称其实美。帝曰："谁比？"济曰："山涛以下，魏舒以上。"于是显名，年二十八始宦。

【注释】

①王汝南：王湛，字处冲，是司徒王浑的弟弟，出任汝南内史。

文末说他"年二十八始宦",疑有误,文中王济叹三十年不知家有名士,显然与此矛盾。除所生服:父母死后,守孝期满,脱去孝服。所生,父母,这里指父亲。

②过:过访,探望。按:王湛青少年时,少言语,大家以为他是痴呆,王济也瞧不起他,不把他当叔父看待。

③脱:或许,偶尔。

④懔然:严肃不苟的样子。

⑤肃:恭敬、庄重。

⑥缺然:不足。

⑦喟(kuì)然:长叹的样子。

⑧从骑:骑马的随从。

⑨策:马鞭子。萦:围绕盘旋。

【译文】

汝南内史王湛守孝期满,脱下孝服后,就留住在坟墓旁。他兄长王浑的儿子王济每次来墓地祭拜,几乎不来看望叔叔,叔叔也不等待他来。王济有时偶尔去看望一下,也只是寒暄几句罢了。后来姑且试着问问近来的事,答对起来言语辞致都很不错,出乎王济意料之外,王济非常惊愕。继续和他谈论,愈谈倒愈进入到精深的境界。王济原先对叔叔几乎没有一点晚辈的敬意,听了叔叔的谈论后,不觉肃然起敬,神情举止都变得严肃恭谨了。便留下来和叔叔谈论,一连多日,没日没夜地谈。王济虽然才华出众,性情豪爽,却也觉得自己缺少点什么,于是感慨地叹息说:"家中有名士,可是三十年来一直不知道!"王济要走了,叔叔送他到门口。王济的随从中有一匹烈马,非常难驾驭,很少有人能骑它。王济姑且问他叔叔:"喜欢骑马吗?"叔叔说:"也喜欢呀。"王济又让叔叔骑那匹难驾驭的烈马,叔叔不但骑马的姿势美妙,而且甩动起鞭子来就像条带子似的回旋自如,就是著名的骑手也没法超过他。王济更加赞叹叔叔难以猜测,他的长处绝不止一种。王济回家后,他父亲王浑问他:"为什么短时间外出了好几天?"王济说:"我刚刚找到一个叔叔。"王浑问是什么意思,王济就一五一十地边赞叹边述说以上情况。王浑问:"和我相比怎么样?"王济说:"反正是在我之上的人。"以前晋武帝每逢见到王济,总是拿王湛来跟他开玩笑,说道:"你家的傻子叔叔死了没有?"王济常常没话回答。不久发现了这个叔叔,晋武帝又像以前那样问他,王济就说:"我叔叔不傻。"并且称赞叔叔美好的素质。武帝问道:"可以和谁相比?"王济说:"在山涛之下,魏舒之上。"于是王湛的名声就传扬开来,在二十八岁那年开始做官。

一八

【原文】

裴仆射①,时人谓为言谈之林薮②。

【注释】

①裴仆射:指裴颜,曾任左仆射。
②林薮(sǒu):草木丛聚的地方,比喻事物荟萃的地方。

【译文】

左仆射裴颜,当时的人认为他是言谈聚集的地方。

一九

【原文】

张华见褚陶,语陆平原①曰:"君兄弟龙跃云津②,顾彦先③凤鸣朝阳,谓东南之宝④已尽,不意复见褚生。"陆曰:"公未睹不鸣不跃者耳。"

【注释】

①陆平原:陆机,字士衡,吴郡人,曾任平原内史。司空张华很赏识陆机和他弟弟陆云(字士龙),认为他们是吴地两个才子。
②云津:指银河。
③顾彦先:顾荣,字彦先,吴人,曾在吴国任黄门侍郎。吴亡后,与陆机兄弟同到洛阳,当时人士称他们为三俊。
④东南之宝:指东南的人才,即吴地的人才。

【译文】

张华见到褚陶以后,对陆机说:"您兄弟两人就像在天河上腾跃的飞龙,顾彦先像迎着朝阳鸣叫的凤凰,我以为东南的人才已经全在这里了,想不到又见到褚生。"陆机说:"这是因为您没有看见过不鸣不跃、真正不事声华的人才罢!"

二〇

【原文】

有问秀才①:"吴旧姓何如?"答曰:"吴府君,圣王之老成②,明时之俊乂③;朱永长,理物之至德④,清选之高望⑤;严仲弼,九皋⑥之鸣鹤,空谷之白驹⑦;顾彦先,八音之琴瑟⑧,五色之龙章⑨;张威伯,岁寒之茂松,幽夜之逸光⑩;陆士衡、士龙,鸿鹄之裴回⑪,悬鼓⑫之待槌。凡此诸君,以洪笔为锄耒⑬,以纸札⑭为良田,以玄默⑮为稼穑⑯,以义理为丰年,以谈论为英华⑰,以忠恕⑱为珍宝,著文章为锦绣,蕴五经为缯帛⑲,坐谦虚为席荐⑳,张义让㉑为帷幕,行仁义为室宇,修道德为广宅。"

【注释】

①秀才:指蔡洪。

②吴府君:吴展,字士季。曾在吴国任广州刺史、吴郡太守,所以称府君。老成:年老德高的。

③俊乂(yì):才德出众的人。

④理物:治理人民。至德:德行最高的人。

⑤清选:明澈选拔官员。高望:声望很高的人。

⑥九皋:深潭。按:《诗经·小雅·鹤鸣》:"鹤鸣于九皋,声闻于天。"《毛传》:"皋,泽也,言身隐而名著也。"这里借指名声传得很高很远。

⑦白驹:白马。按:《诗经·小雅·白驹》有"皎皎白驹,在彼空谷"句。《疏》:"贤者隐居,必当潜处山谷。"

⑧八音:乐器的统称,指金、石、土、革、丝、木、匏、竹八类乐器。

⑨五色:青、黄、赤、白、黑五色,这里指五色交错而成的花纹。龙章:龙纹。章,指花纹。

⑩逸光:四射的光芒。

⑪鸿鹄:天鹅。裴回:通"徘徊"。

⑫悬鼓:大鼓。

⑬锄耒:两种农具,锄头和木叉。
⑭札:用来写字的木片。
⑮玄默:玄远沉静。
⑯稼穑:农业劳动。
⑰英华:花,这里指名誉。
⑱忠恕:两种道德,尽心和宽恕。
⑲蕴:储藏,积聚。缯帛:丝织品。
⑳席荐:草席。
㉑义让:仗义谦让。

【译文】

有人问蔡洪:"吴中的世家大族怎么样?"蔡洪回答说:"吴府君,是圣明君主的贤臣,太平盛世的贤才;朱永长,是执政大臣里面德行最高尚的人,公开选拔的官员中最有声望的人;严仲弼,像深泽中引颈长鸣的白鹤,像潜处空旷深邃山谷中的白驹;顾彦先,像乐器中的琴瑟,花纹中的龙纹;张威伯,是寒冬时茁壮的青松,黑夜里四射的光芒。陆士衡、士龙兄弟是在高空盘旋的天鹅,是有待敲击的大鼓。所有这些名士,把大笔当农具,拿纸张当良田,把清静无为当劳动,把掌握义理当丰收,把清谈当名誉,把忠恕当珍宝,把著述文章当作刺绣,把精通五经当作储藏丝绸,把坚持谦虚当作草席,把发扬道义礼让当作张挂帷幕,把推行仁义当作修造房屋,把加强道德修养当作构筑大厦。"

二一

【原文】

人问王夷甫:"山巨源义理何如?是谁辈①?"王曰:"此

人初不肯以谈自居，然不读《老》《庄》，时闻其咏，往往②与其旨合。"

【注释】

①辈：同一类，同一等级。

②往往：处处。

【译文】

有人问王夷甫："山巨源探究名理的学问怎么样？是与谁相当的？"王夷甫说："这个人当初不肯以清谈家自居，可是，他虽然不读《老子》《庄子》，常常听到他的谈论，倒是处处和老庄思想相合。"

二二

【原文】

洛中雅雅①有三嘏：刘粹字纯嘏，宏字终嘏，漠字冲嘏②，是亲兄弟，王安丰甥，并是王安丰女婿。宏，真长祖也。洛中铮铮③冯惠卿，名荪，是播子。荪与邢乔俱司徒李胤外孙，及胤子顺并知名。时称："冯才清④，李才明⑤，纯粹⑥邢。"

【注释】

①洛中：洛阳。雅雅：指风雅人士众多。

②"刘粹"三句：刘氏三兄弟在西晋时代分别任光禄勋、侍中、吏部尚书，都很有名。当时首都是洛阳，所以说"洛中雅雅有三嘏"。

③铮铮：金属撞击时的响亮声音，用来比喻声名显赫。
④清：清纯。
⑤明：明达。
⑥纯粹：纯正完美。

【译文】

洛阳众多风雅人士中有三嘏：刘粹，字纯嘏；刘宏，字终嘏；刘漠，字冲嘏。三人是亲兄弟，是安丰侯王戎的外甥，又都是王戎的女婿。刘宏就是刘真长的祖父。洛阳声名显赫的人士中有冯惠卿，名荪，是冯播的儿子。冯荪和邢乔都是司徒李胤的外孙，两人和李胤的儿子李顺都很有名。当时的人称赞说："冯氏才学清纯，李氏才识明达，纯正完美的是邢氏。"

二三

【原文】

卫伯玉为尚书令，见乐广与中朝名士谈议，奇之曰："自昔诸人没已来①，常恐微言将绝，今乃复闻斯言于君矣！"命子弟造之，曰："此人，人之水镜②也，见之若披云雾睹青天。"

【注释】

①诸人：指何晏、邓赐等清谈家。已来：以来。
②水镜：指镜子，比喻能明察秋毫。这里指对道理能了解得很清楚。

【译文】

卫伯玉担任尚书令时，见乐广与西晋的名士清谈议论，认为他不寻常,说道:"自从当初那些名士逝世到现在,常常怕清谈快要绝迹,今天竟然从您这里听到这种清谈了!"便叫自己的子侄去拜访乐广,对子侄说:"这个人,是人们的镜子,见到他,就像拨开云雾看见青天一样。"

二四

【原文】

王太尉曰:"见裴令公精明朗然①,笼盖②人上,非凡识也。若死而可作③,当与之同归。"或云王戎语。

【注释】

①裴令公:裴楷。裴楷任中书令时,王衍还只是黄门侍郎,所以称裴楷为令公。王衍后为太尉,而裴楷已死。精明:精细明察。朗然:形容开朗。
②笼盖:笼罩,超越。
③作:起立。

【译文】

太尉王衍说:"看到裴令公精明开朗,高出于众人之上,那不是一般有见识的人呀。如果人死了还能再活,我要和他为同一宗旨努力。"有人说这是王戎说的话。

二五

【原文】

王夷甫自叹:"我与乐令①谈,未尝不觉我言为烦。"

【注释】

①乐令:乐广。据《晋书·乐广传》载,乐广善于清谈,能用很简要的话分析道理,使大家心服。王衍自以为谈论时措辞简练,但与乐广相比,就感到自己烦琐。

【译文】

王夷甫自己感叹说:"我和乐令清谈时,没有不感到我的话太烦琐。"

二六

【原文】

郭子玄有俊才,能言《老》《庄》,庾敳尝称之,每曰:"郭子玄何必减庾子嵩!"

【译文】

郭子玄有卓越的才智,很会谈论《老子》《庄子》思想,庾敳曾经称赞过他,常常说:"郭子玄为什么一定要在我庾子嵩之下!"

二七

【原文】

王平子①目太尉:"阿兄形似道②,而神锋太俊③。"太尉答曰:"诚不如卿落落穆穆。④"

【注释】

①王平子:王澄,字平子,是太尉王衍的弟弟,善于品评人物。
②道:正直。
③神锋:气概。俊:突出。
④落落穆穆:形容豁达大度,容止温和。

【译文】

王平子评论太尉王衍说:"哥哥的外貌好像是有道之人,只是锋芒太露了。"王衍回答说:"确实比不上你那样豁达大度,仪表温和。"

二八

【原文】

太傅①府有三才:刘庆孙长才②,潘阳仲大才③,裴景声清才④。

【注释】

①太傅:指东海王司马越。西晋惠帝时,司马越以太傅录尚

书事。

②长才：指才学优异的人。
③大才：指才学广博的人。
④清才：指才学精深的人。

【译文】

太傅府里有三个人才：刘庆孙是长才，潘阳仲是大才，裴景声是清才。

二九

【原文】

林下诸贤①，各有俊才子：籍子浑，器量弘旷②；康子绍，清远雅正③；涛子简，疏通高素④；咸子瞻，虚夷⑤有远志；瞻弟孚，爽朗多所遗⑥；秀子纯、悌，并令淑有清流⑦；戎子万子，有大成之风，苗而不秀⑧；唯伶子无闻。凡此诸子，唯瞻为冠，绍、简亦见重当世。

【注释】

①林下诸贤：指竹林七贤。魏时山涛、阮籍、嵇康、向秀、刘伶、阮咸、王戎七人，常常在竹林下聚会，饮酒抒怀，世称竹林七贤。

②弘旷：宏大宽广。
③清远雅正：志向高洁远大，本性正直。
④疏通高素：通达，情操高洁纯真。
⑤虚夷：谦虚平易。

⑥多所遗：指政务多所忽略。按：《晋书·阮孚传》载，阮孚"终日酣纵"，"蓬发饮酒，不以王务婴心"。阮孚之事。

⑦令淑：善良文雅。清流：比喻德行高洁。

⑧大成：指学问大有成就。苗而不秀：庄稼生长却不抽穗开花。语出《论语·子罕》，古人多以为是孔子痛惜他的学生颜回早死才说的这句话。王戎的儿子王万，有美名，十九岁就死了，所以也比喻为苗而不秀。

【译文】

竹林诸位贤士，各有才能出众的儿子：阮籍的儿子阮浑，度量宽广开朗；嵇康的儿子嵇绍，志向高远，本性正直；山涛的儿子山简，通达而且高洁纯真；阮咸的儿子阮瞻，谦虚平易，志向远大；阮瞻的弟弟阮孚，爽朗，不受政务牵累；向秀的儿子向纯、向悌，都很善良文雅，不肯同流合污；王戎的儿子王万子，有集大成的风度，可惜早逝；只有刘伶的儿子默默无闻。在所有这些人里面，唯独阮瞻可居于首位，嵇绍和山简在当时也很受尊重。

三〇

【原文】

庚子躬有废疾，甚知名。家在城西，号曰"城西公府"①。

【注释】

①城西公府：公府本指三公的府第，庚子躬（名琼）曾为太尉（三公之一）的属官，结果他的住宅也被称为公府。

【译文】

庾子躬有残疾,可是很有名气。他家住在城西,称为"城西公府"。

三一

【原文】

王夷甫语乐令①:"名士无多人,故当容平子知。"

【注释】

①"王夷甫"句:王夷甫很看重他弟弟王平子,四海人士一经王平子品评过,王夷甫便不再置评。

【译文】

王夷甫告诉尚书令乐广说:"名士没有多少人,所以应当等待王平子来识别。"

三二

【原文】

王太尉云:"郭子玄语议如悬河写水①,注②而不竭。"

【注释】

①郭子玄:郭象。写:通"泻"。按:"悬河写水"形容能言善

辩,滔滔不绝。

②注:倒下,流下。

【译文】

太尉王衍说:"郭子玄的谈论好像瀑布倾泻下来,滔滔不绝。"

三三

【原文】

司马太傅府多名士,一时俊异。庾文康云:"见子嵩①在其中,常自神王②。"

【注释】

①子嵩:庾敳,字子嵩。任太傅府参军,转军谘祭酒。
②神王:神旺,精神振奋。《晋书·庾敳传》作"袖手",和庾亮说的不一样。

【译文】

司马越的太傅府里有很多名士,都是当时的才智出众、不同凡响之士。庾亮说:"我觉得子嵩在这些人里面,常常精神旺盛。"

三四

【原文】

太傅东海王镇许昌①,以王安期为记室参军,雅相知重。敕世子②毗曰:"夫学之所益者浅,体之所安者深。闲习③礼度,不如式瞻仪形④;讽味遗言⑤,不如亲承音旨⑥。王参军人伦⑦之表,汝其师之!"或曰:"王、赵、邓三参军,人伦之表,汝其师之!"谓安期、邓伯道、赵穆也。袁宏作《名士传》,直云王参军。或云赵家先犹有此本。

【注释】

①"太傅"句:西晋末,怀帝即位,东海王司马越辅政,因怀帝亲理政事,司马越不能专权,便请求镇守许昌。
②敕:告诫。世子:帝王公卿之子,是地位或爵位的继承人。
③闲习:熟习。
④式瞻:瞻仰。仪形:仪式。
⑤讽味:背诵和体会。遗言:古圣先贤流传下来的话。
⑥音旨:语言和意思。
⑦人伦:人类,这里指有才学的人,人才。

【译文】

太傅东海王司马越镇守许昌的时候,任用王安期做记室参军,非常赏识敬重他。东海王告诫自己的儿子司马毗说:"从书本中得到的益处很肤浅,体验生活所保留的感受深。熟习礼制法度,就不如去好好观看礼节仪式;背诵并体味前人的遗训,就不如亲自接受贤人的教诲。王参军是人们的榜样，你要学习他！"有人以为是这样说的："王、赵、邓三位参军是人们的榜样，你要学习他们！"所说的三位参军指王安期、邓伯道、赵穆。袁宏写《名士传》的时候，只说到王参军。有人说赵穆家原先还有这个抄本。

三五

【原文】

庾太尉少为王眉子①所知。庾过江，叹王曰："庇其宇下②，使人忘寒暑。"

【注释】

①王眉子：王玄，字眉子。
②"庇其"句：指得到他的赏识，使人感到温暖。宇下，屋檐下。

【译文】

太尉庾亮年轻时得到王玄的赏识。后来庾亮避难过江，赞扬王玄说："在他的房檐下得到庇护，使人忘了冷暖。"

三六

【原文】

谢幼舆曰："友人王眉子清通简畅①，嵇延祖弘雅劭长②，董仲道卓荦有致度③。"

【注释】

①简畅:简约舒畅。

②嵇延祖:嵇绍,字延祖。弘雅:宽宏正直。劭长:指德行美好。

③卓荦:卓越,杰出。致度:风致气度。

【译文】

谢幼舆说:"我的朋友王眉子清廉通达,简约舒畅;嵇延祖宽宏正直,德行高尚;董仲道见识卓越,很有风度。"

三七

【原文】

王公目太尉:"岩岩清峙①,壁立千仞②。"

【注释】

①岩岩:形容高峻。清峙:清静耸立。

②仞(rèn):古时七尺或八尺叫作一仞。

【译文】

王导评论太尉王衍道:"他高高地耸立,像千丈石壁一样屹立着。"

三八

【原文】

庾太尉在洛下,问讯中郎①,中郎留之云:"诸人当来。"寻温元甫、刘王乔、裴叔则俱至,酬酢②终日。庾公犹忆刘、裴之才俊,元甫之清中③。

【注释】

①中郎:指庾敳,曾任太傅从事中郎,为人常静默无为,纵心事外。
②酬酢(zuò):宾主互相敬酒,泛指应对。
③清中:恬静平和。

【译文】

太尉庾亮在洛阳的时候,前去探望中郎庾敳,庾敳挽留他,说:"还有许多人会来的。"过了一会儿,温元甫、刘王乔、裴叔则都来了,大家清谈了一整天。庾亮后来还能回忆起当时刘、裴两人的才华,元甫的恬静平和情状。

三九

【原文】

蔡司徒①在洛,见陆机兄弟住参佐廨②中,三间瓦屋,士龙住东头,士衡住西头。士龙为人,文弱可爱;士衡长七尺③

余，声作钟声，言多慷慨。

【注释】

①蔡司徒：蔡谟。

②参佐：属官。廨：官署。

③七尺：指成年人应有的身高。按：古代一尺只有现代六七寸长。

【译文】

司徒蔡谟在洛阳的时候，看到陆机、陆云兄弟住在僚属办公处，三间瓦屋，陆云住在东头，陆机住在西头。陆云为人文雅纤弱得可爱；陆机身高七尺多，声音像钟声般洪亮，说起话来大多慷慨激昂。

四〇

【原文】

王长史是庾子躬外孙，丞相目子躬云："入理泓然①，我已上人。"

【注释】

①入理：指深入玄理之中。泓然：形容深入。

【译文】

长史王濛是庾子躬的外孙，丞相王导评论庾子躬说："深刻地领会了玄理，是在我以上的人。"

四一

【原文】

庾太尉目庾中郎:"家从谈谈之许①。"

【注释】

①家从:家从父,叔父。太尉庾亮的父亲和中郎庾敳同一祖父,庾敳是庾亮的堂叔父。谈谈:深深地。许:赞许。按:此则各家无确解,或疑句中脱误。

【译文】

太尉庾亮评论中郎庾敳说:"我家堂叔深受人们的称赞。"

四二

【原文】

庾公目中郎:"神气融散①,差如②得上。"

【注释】

①神气:精神。融散:和乐、闲散。《晋阳秋》载:"敳颓然渊放,莫有动其听者。"
②差如:比较地,大致。

【译文】

庾亮评论中郎庾敳说:"他精神安适、疏散,大致还能算出众。"

四三

【原文】

刘琨称祖车骑①为朗诣,曰:"少为王敦所叹。"

【注释】

①祖车骑:祖逖,曾与司空刘琨一起任司州主簿,感情很好。两人立志报国,曾闻鸡起舞。死后赠车骑将军。

【译文】

刘琨称赞祖逖是开朗通达的人,说:"他年轻时为王敦所赞赏。"

四四

【原文】

时人目庾中郎:"善于托大①,长于自藏②。"

【注释】

①托大:把高位当作寄身之所,即居高位而不作威作福。
②自藏:《晋书·庾敳传》说他不过问世事,知道天下多事,"常静默无为","处众人中,居然独立"。亦即不露头角,明哲保身。藏,收敛,隐藏。

【译文】

当时人士评论中郎庾敳说:"善于托身高位,善于自我隐藏。"

四五

【原文】

王平子迈世①有俊才,少所推服②。每闻卫玠言,辄叹息绝倒③。

【注释】

①迈世:超越世俗。
②推服:推重佩服。
③绝倒:倾倒,钦佩。

【译文】

王平子有超世的卓越才华,很少有他推重佩服的人。但是每当听到卫玠玄言清谈,总不免赞叹、倾倒。

四六

【原文】

王大将军与元皇表云:"舒风概简正,允作雅人,自多于邃①,最是臣少所知拔。中间夷甫、澄见语:'卿知处明、茂弘②。茂弘已有令名，真副卿清论；处明亲疏无知之者。吾常以卿言为意，殊未有得，恐已悔之。'臣慨然曰：'君以此试。'顷来始乃有称之者。言常人正自患知之使过，不知使负实。"

【注释】

①舒：王舒，字处明，是王敦的堂弟。据《晋书·王舒传》说，王舒"以天下多故，不营当时名，恒处私门，潜心学植"。后避难过江，才做官。风概：风采节操。简正：指处事简约刚直。雅人：风雅之士，品德高尚的人。邃：王邃，字处重，王舒的弟弟。

②茂弘：王导，字茂弘，也是王敦的堂弟。

【译文】

大将军王敦呈送晋元帝的奏章上说："王舒很有风采节操，简约刚直，确实称得上高雅人士，自然超过王邃，他是臣下年轻时最为赏识并扶植的人。在这期间王衍、王澄告诉我说：'你了解处明和茂弘。茂弘已经有了美名，确实和你的高论相符；处明却是无论亲疏都没有人了解他。我常常把你的话放在心上，去了解处明，却毫无收获，恐怕你对自己说过的话已经感到后悔了吧。'臣感慨地说：'您按我说的试着再看看。'近来才开始有人赞扬处明，这说明一般人只是担心了解人过了头，而不担心对其实际才能了解不够。"

四七

【原文】

周侯于荆州败绩还①，未得用。王丞相与人书曰："雅流弘器②，何可得遗？"

【注释】

①"周侯"句：周侯，指周𫖮，字伯仁，晋元帝时任宁远将军、荆州刺史，刚到任，遇叛军，大败，投奔豫章，后受召还建康。
②雅流：高雅人士。弘器：大器，有大才的人。

【译文】

武城侯周𫖮在荆州大败后，回到京都，没有被朝廷任用。丞相王导给别人写信说："周𫖮是高雅一流之人，具有大才，怎么能把他抛弃呢？"

四八

【原文】

时人欲题目高坐①而未能，桓廷尉②以问周侯，周侯曰："可谓卓朗。"桓公曰："精神渊著。"

【注释】

①题目：品评。高坐：和尚名。
②桓廷尉：桓彝，字茂伦，死后追赠廷尉。

【译文】

当时人士想给高坐和尚找个合适的评语，廷尉桓彝拿这事问武城侯周𫖮，周𫖮说："可以说是卓越开朗。"桓温说："精神深沉而明澈。"

四九

【原文】
王大将军称其儿云:"其神候似欲可①。"

【注释】
①神候:神态。可:可心,合意。

【译文】
大将军王敦称赞他的养子说:"看他的神态好像还可心。"

五〇

【原文】
卞令目叔向①:"朗朗如百间屋。"

【注释】
①卞令:卞壸,字望之,曾任尚书令。叔向:似是指叔父卞向,但有无其人,无从考证。

【译文】
尚书令卞壸评论叔向说:"气度宽阔,好像有上百个敞亮房间的大屋。"

五一

【原文】

王敦为大将军,镇豫章。卫玠避乱,从洛投敦,相见欣然,谈话弥日。于时谢鲲为长史,敦谓鲲曰:"不意永嘉之中,复闻正始之音①。阿平若在②,当复绝倒。"

【注释】

①永嘉:西晋怀帝的年号。当时战乱不断。正始之音:指清谈玄学。按:永嘉年间,王敦还没有升任大将军职。

②"阿平"句:王澄,字平子。按:晋元帝时,王澄路过豫章,被王敦杀害了。

【译文】

王敦担任大将军时,镇守豫章。卫玠为了躲避战乱,从洛阳来到豫章投奔王敦,两人见面后都很高兴,谈了一整天的话。当时谢鲲在王敦手下任长史,王敦对谢鲲说:"想不到永嘉年间,又听到了正始年间那种清谈。如果阿平在这里,就会佩服得五体投地。"

五二

【原文】

王平子与人书,称其儿"风气①日上,足散人怀"。

【注释】

①风气:风采气量。按:称赞子弟,以此抬高他们身价,是晋代的风气。

【译文】

王平子写给别人的信里,称赞自己的儿子说:"他的风采和气量一天比一天长进,足以让人心怀舒畅。"

五三

【原文】

胡毋彦国①吐佳言如屑,后进领袖。

【注释】

①胡毋彦国:胡毋辅之,字彦国。按:《晋书·胡毋辅之传》载,这一条也是王平子给友人信上的话。原作"彦国吐佳言如锯木屑,靠靠不绝,诚为后进领袖也"。

【译文】

胡毋彦国谈吐中的优美言辞就像锯木时出来的木屑那样连绵不断,他是后辈的领袖。

五四

【原文】

王丞相云:"刁玄亮之察察①,戴若思之岩岩②,卞望之之峰距③。"

【注释】

①察察:指明辨是非。
②岩岩:险峻,威严。
③峰距:《晋书·卞壸传》作"峰岠"。余嘉锡《世说新语笺疏》引陈仅《扪烛脞存》:"峰距,犹岳峙也。言其高峻,使人不可近。"也是孤峰特立之意。

【译文】

丞相王导说:"刁玄亮的特点是明察秋毫,戴若思的特点是威严,卞望之的风格是刚直不阿。"

五五

【原文】

大将军语右军①:"汝是我佳子弟,当不减阮主簿②。"

【注释】

①右军:王羲之,字逸少,曾任右军将军,是大将军王敦的

堂侄。

②阮主簿：阮裕，有德行，王敦闻其名，召为主簿。

【译文】

大将军王敦对右军将军王羲之说："你是我家的好子侄，想必不会次于阮主簿。"

五六

【原文】

世目周侯："嶷如断山①。"

【注释】

①嶷（nì）：形容山高特立。断山：指悬崖峭壁。按：这句形容周颛清高正直。据《晋书·周颛传》说，人们不敢轻慢他。

【译文】

世人评论武城侯周颛："像悬崖绝壁一样陡峭。"

五七

【原文】

王丞相招祖约①夜语，至晓不眠。明旦有客，公头鬓未理，亦小倦，客曰："公昨如是，似失眠②。"公曰："昨与士少语，遂使人忘疲。"

【注释】

①祖约：字士少，曾任豫州刺史。

②"公昨"二句："是"字疑是衍文，此处似应为"公昨如似失眠"，否则于理不顺。

【译文】

丞相王导邀祖约晚上来清谈，直到天亮还没有睡觉。第二天一早有客人来，王导出来见客时，还没有梳头，身体也感到有点困倦，客人问道："您昨天夜里好像失眠了。"王导说："昨晚和士少清谈，就让人忘了疲劳。"

五八

【原文】

王大将军与丞相书，称杨朗①曰："世彦识器理致②，才隐明断。既为国器③，且是杨侯淮④之子，位望殊为陵迟⑤。卿亦足与之处。"

【注释】

①杨朗：字世彦。

②识器：识见和气量。理致：义理和情趣。

③国器：足以主持国政的人才。

④杨侯淮：杨淮，实即杨准，西晋元康末年任冀州刺史，是当时名士。

⑤陵迟：衰微。

【译文】

大将军王敦给丞相王导写信，称赞杨朗说："世彦很有识见和气量，言谈深得事物之义理而有情趣，才学精微，论断高明。既是足以治国的人才，又是杨侯准的儿子，可是地位和名望很是卑微。你也可以和他相处。"

五九

【原文】

何次道①往丞相许，丞相以麈尾指坐，呼何共坐曰："来，来，此是君坐。"

【注释】

①何次道：名充，字次道，是王导的大姨子的儿子，小时候就和王导很要好，且历任显官。王导在东晋初年任右将军、扬州刺史、监江南诸军事，很器重何次道，有意让他辅助自己并准备让他接任，所以常借故露出此意。这一则和下一则所说的都是要表示这个意思。

【译文】

何次道前往丞相王导处，王导用拂尘指着座位招呼他同坐，说："来，来，这是您的座位。"

六〇

【原文】

丞相治扬州廨舍,按行①而言曰:"我正为次道治此尔!"何少为王公所重,故屡发此叹。

【注释】

①按行:巡视。

【译文】

丞相王导修建扬州的官署,他在视察巡行时说:"我只是为次道修建这个官署罢了!"何次道年轻时就受到王导的重视,所以王导屡次发出这样的赞叹。

六一

【原文】

王丞相拜司徒①而叹曰:"刘王乔②若过江,我不独拜公。"

【注释】

①司徒:官名,与司空、太尉号称三公,是最高级的官,司徒和丞相职务相通,所以一般不并置。按:东晋明帝即位后,王导升任司徒。

②刘王乔:刘畴,字王乔,年轻时名望就很高,西晋永嘉年间,

任司徒左长史,后被害。当时有人以为他是司徒的合适人选。

【译文】
丞相王导受任为司徒时感叹道:"如果刘王乔能过江来,我就不会一个人担任三公。"

六二

【原文】
王蓝田①为人晚成,时人乃谓之痴。王丞相以其东海②子,辟为掾。常集聚,王公每发言,众人竞赞之。述于末坐曰:"主③非尧、舜,何得事事皆是?"丞相甚相叹赏。

【注释】
①王蓝田:王述,字怀祖,年轻时继承了他父亲的封爵为蓝田县侯。性恬静,不爱显摆,众人竞相辩论时,他也不为所动,所以到三十岁时还没有名望,别人就认为他痴呆。
②东海:王述的父亲王承曾任东海郡太守,所以称为东海。按:王承在东晋初年,名望很大,当时的名臣王导、庾亮等都比不上他,所以王导因为他的关系有意提拔王述。
③主:僚属称上司为主。

【译文】
蓝田侯王述为人处世,成名比较晚,当时的人们甚至认为他是痴呆。丞相王导因为他是东海太守王承的儿子,就召他做属官。有一次聚会,王导每次讲话,大家都争着赞美。坐在末座的王述说:"主公不是尧、舜,怎么能事事都对?"王导非常赞赏他。

六三

【原文】

世目杨朗:"沉审经断①。"蔡司徒云:"若使中朝不乱,杨氏②作公方未已。"谢公云:"朗是大才。"

【注释】

①沉审:深沉慎重。经断:顺理决断。
②杨氏:指杨朗六兄弟。杨朗兄弟六人,名声都很大,舆论界认为他们都有丞相的声望。其父杨准在西晋惠帝末年任冀州刺史,因看到战乱频起,国事无望,就终日纵酒。杨朗曾参加王敦的叛乱,晋明帝想杀他,看来也并非做三公的人才。

【译文】

世人品评杨朗:"深沉谨慎。"蔡谟说:"如果中朝不乱,杨氏一门担任公卿的将会连续不断。"谢安说:"杨朗是大才。"

六四

【原文】

刘万安即道真从子,庾公所谓"灼然①玉举②"。又云:"千人亦见③,百人亦见。"

【注释】

①灼然：形容鲜明。

②玉举：玉立，比喻操守坚定。

③见：同"现"。

【译文】

刘万安是刘道真的侄儿，就是庾琮所说的"他鲜明的样子就像挺立的玉一样"。又说："他在千人中也能显露出来，在百人中也能显露出来。"

六五

【原文】

庾公为护军①，属桓廷尉觅一佳吏，乃经年。桓后遇见徐宁而知之，遂致于庾公曰："人所应有，其不必有；人所应无，己不必无②。真海岱③清士！"

【注释】

①护军：护军将军，是掌握中央军权的。按：庾亮在晋明帝时升任护军将军。

②"人所"四句：这里所说的有、无，大概是指礼法、道德方面的内容。按句意，似指徐宁与众不同。

③海岱：古称今山东省东海与泰山间之地。按：徐宁是东海郡人，东海郡包括江苏、山东东部一带。

【译文】

庾亮担任护军将军的时候，托付廷尉桓彝寻觅一位优秀的属官，整整过了一年也还没找到。桓彝后来碰见徐宁，并且很赏识他，就把他推荐给庾亮，并介绍说："人们应该有的，他不一定有；人们不应该有的，他不一定没有。他确实是海岱一带的清廉正直的人士。"

六六

【原文】

桓茂伦云："褚季野皮里阳秋①。"谓其裁中②也。

【注释】

①皮里阳秋：指肚里有《春秋》笔法，即表面上不作评论，内心却有褒贬。原作"皮里春秋"，因避讳改"春"为"阳"。
②裁中：裁于中，内心有裁决。

【译文】

桓彝说："褚季野是皮里阳秋。"就是说他表面上不作评论而心里却是有所褒贬的。

六七

【原文】

何次道尝送东人①，瞻望，见贾宁在后轮中曰②："此人不死,终为诸侯③上客。"

【注释】

①东人:指从建康以东来的人。
②贾宁:字建宁,后任苏峻的参军,随苏峻起兵反帝室,失败后,先投降,官至新安太守。后轮:后车。
③诸侯:指所分封的王侯。

【译文】

何次道曾经送走从东来的客人,放眼远望,看到贾宁在后面的车辆上,就说:"这个人如果不死,终归要做王侯的尊贵宾客。"

六八

【原文】

杜弘治①墓崩,哀容不称②。庾公顾谓诸客曰:"弘治至羸③,不可以致哀④。"又曰:"弘治哭不可哀。"

【注释】

①杜弘治:杜乂,字弘治,年轻时就很有名声,官至丹阳丞。
②不称(chèn):不相称。按:这句话指他表情不够悲伤。
③羸(léi):瘦弱。
④致哀:尽哀。

【译文】

杜乂家祖坟崩塌了,他悲伤的表情与这件事显得不相称,并不显得悲哀。庾亮环顾众宾客,对他们说:"弘治身体极弱,不可以太伤心。"又说:"弘治不能哭得太伤心。"

六九

【原文】

世称"庾文康为丰年玉①,稚恭②为荒年谷"③。庾家论云:"是文康称恭为荒年谷,庾长仁④为丰年玉。"

【注释】

①丰年玉:比喻能润色太平。这里用来形容庾亮是能锦上添花的治国人才。

②稚恭:庾翼,字稚恭,是庾亮的弟弟。据《晋书·庾翼传》载,翼素有大志,以平胡平蜀为己任。

③荒年谷:荒年之谷难得,因以喻人品珍贵,才足匡世。这里用来形容庾翼是能够雪中送炭的挽救危亡的人才。

④庾长仁:庾统,字长仁,是庾亮另一个弟弟的儿子,曾任寻阳郡太守。

【译文】

世人称颂:"庾亮是丰年的美玉,庾稚恭是灾荒年头的粮食。"庾家内部评论则说:"是庾亮称赞稚恭像灾荒年头的粮食,庾长仁像丰年的美玉。"

七〇

【原文】
世目:"杜弘治标鲜①,季野穆少②。"

【注释】
①标鲜:标致鲜明。
②穆少:温和,要求少。

【译文】
世人评论:"杜弘治仪表清秀照人,褚季野处世温和淡泊。"

七一

【原文】
有人目杜弘治:"标鲜清令①,盛德②之风,可乐咏③也。"

【注释】
①清令:清高纯美。
②盛德:高尚的道德。
③乐咏:用音乐、诗歌来赞颂。

【译文】
有人评论杜弘治:"他的仪表清秀俊美,本性清高纯美,表现出大德的风貌，值得用音乐来歌咏。"

七二

【原文】

庾公云："逸少①国举。"故庾倪为碑文云："拔萃国举②。"

【注释】

①逸少：王羲之，字逸少。
②拔萃国举：意即出类拔萃的人，全国推崇的人。

【译文】

庾亮说："逸少是全国所推戴的人。"所以庾倪给他写碑文时就写上："出类拔萃，为国人所推戴"。

七三

【原文】

庾稚恭与桓温书，称："刘道生日夕在事，大小殊快。义怀①通乐②既佳，且足作友，正实良器。推此与君同济艰不③者也。"

【注释】

①义怀：仁义心怀。
②通乐：豁达和乐。

③艰不（pǐ）：艰难困苦。不，阻塞不通。

【译文】
庾稚恭写信给桓温，称赞说："刘道生日日夜夜都在处理公事，大小事情都处理得非常称心如意。他为人胸怀仁义，豁达和乐，不但这方面很好，而且很值得结为良友，确实是优秀人才。现在把他推荐给您，和您一起度过艰难困苦的时日吧。"

七四

【原文】
王蓝田拜扬州，主簿请讳①，教云："亡祖、先君，名播海内，远近所知。内讳②不出于外，余无所讳。"

【注释】
①讳：指家讳，避忌说出一家内长辈的名字。按：晋人重视家讳，别人不能当面说出与对方长辈名字相同或同音的字。所以新官上任，下属要请求指出应该避忌的名讳，以免无意中触犯了。
②内讳：指避忌家内妇女的名字。《礼记》说："妇人之讳不出门。"

【译文】
蓝田侯王述担任扬州刺史时，州府主簿向他请示该避忌的字，王述批示道："先祖、先父，名扬天下，远近无人不知。妇女的名字不能向外人说出，此外没有要避忌的了。"

七五

【原文】

萧中郎①,孙丞公妇父,刘尹在抚军②坐,时拟为太常③。刘尹云:"萧祖周不知便可作三公不?自此以还④,无所不堪⑤。"

【注释】

①萧中郎:萧轮,字祖周,曾任常侍、国子博士。
②抚军:指简文帝司马昱,即位前曾为抚军大将军。
③太常:是九卿之一,主管祭祀礼乐。按:九卿是在三公之下,是中央行政机关的长官。
④以还:以下。
⑤堪:能胜任。

【译文】

中郎萧祖周是孙丞公的岳父,丹阳尹刘真长在抚军大将军那里做客时,准备商议提升萧祖周担任太常。刘真长说:"萧祖周不知可以不可以就提为三公?从三公以下,他没有不能胜任的。"

七六

【原文】

谢太傅未冠①,始出西②,诣王长史,清言良久。去后,苟子③问曰:"向客何如尊④?"长史曰:"向客亹亹⑤,为来逼人。"

【注释】

①未冠:还没有成年。古代男子二十岁行冠礼,表示成年。

②出西:指到首都建康。按:谢安在出来做官以前,住在东部的会稽郡,从会稽往西去建康,就叫出西。

③苟子:王修,字敬仁,小名苟子,是王濛(即王长史)的儿子。

④尊:称呼父亲。

⑤亹亹(wěi wěi):同"娓娓",勤勉不倦的样子。这里指谈论不倦。据《晋书》说,由于王濛这句话和王导的器重,谢安年轻时名望就很大。

【译文】

太傅谢安还未成年时,刚刚来到京都,就去拜望长史王濛,清谈了很长时间。走了以后,王苟子问他父亲:"刚才那位客人和父亲相比怎么样?"王濛说:"刚才那位客人娓娓不倦,谈起来咄咄逼人。"

七七

【原文】

王右军语刘尹:"故当共推安石。"刘尹曰:"若安石东山志立①,当与天下共推之。"

【注释】

①"若安石"句：谢安（字安石）寓居会稽郡上虞县，官府多次征召，也不肯出任官职，只想在东山隐居，畅游山水。但是他一向名望很大，所以大家仍然希望他能出仕。到四十多岁时，才应桓温的邀请出任司马。东山志，指隐居的心愿。

【译文】

右军将军王羲之对丹阳尹刘惔说："我们应当共同推荐安石。"刘惔说："如果安石确立了隐居东山之志，我们应该与天下人一起推荐他。"

七八

【原文】

谢公称蓝田："掇①皮皆真②。"

【注释】

①掇（duō）：揭去。
②真：指真率，这句指里外皆真，不做作。

【译文】

谢安称赞蓝田侯王述说："他这个人剥去外表露出来的都是本真。"

七九

【原文】

桓温行经王敦墓边过,望之云:"可儿①!可儿!"

【注释】

①可儿:等于可人,使人可意的人,可爱的人。所谓可儿,多从才德方面说的。按:王敦豪爽,好清谈,口不言财利,但后来兴兵作乱,心怀残忍。桓温称赞他,只是表明自己的心迹罢了。

【译文】

桓温出行从王敦墓边经过,望着王敦的坟墓说:"令人满意的人!令人满意的人!"

八〇

【原文】

殷中军道王右军云:"逸少清贵①人,吾于之甚至②,一时无所后③。"

【注释】

①清贵:清高尊贵。
②甚至:指到了顶点。
③所后:后来人。指没有人能比得上他。

【译文】

中军将军殷浩称道右军将军王羲之说:"逸少是清高尊贵之人,我对他喜欢到极点,一时无人能比得上他的。"

八一

【原文】

王仲祖称殷渊源:"非以长胜人,处长①亦胜人。"

【注释】

①处长:处理、对待自己的长处。

【译文】

王仲祖称赞殷渊源说:"他不但凭自己的长处胜过他人,而且在对待自己的长处上也胜过他人。"

八二

【原文】

王司州与殷中军语,叹云:"己之府奥①,早已倾写②而见;殷陈势浩汗③,众源未可得测。"

【注释】

①府奥:肺腑,比喻内心的话。

②倾写：等于"倾泻"。

③浩汗：浩瀚，广大。按：这句话比喻殷浩擅长清谈，辞锋玄理，深不可测。同时用字也语义双关，因为殷浩字渊源，这里就用"浩、源"二字。

【译文】

司州刺史王胡之与中军将军殷浩谈论，叹息道："我自己的见解，早就已经倾吐净尽；殷浩摆开清谈的阵势浩浩荡荡，各个源头还没法估量。"

八三

【原文】

王长史谓林公："真长可谓金玉满堂①。"林公曰："金玉满堂，复何为简选②？"王曰："非为简选，直致言处自寡耳③。"

【注释】

①金玉满堂：原是以宝物满正屋来比喻极为富有，这里用来描写清谈，说刘真长的辞藻和玄理丰富多彩。

②简选：选择。按：刘真长善谈玄理，且言辞简洁，而支道林却认为他言语谨慎，经过挑选润色。

③"非为"二句：原注"谓吉人之辞寡，非择言而出也"。

【译文】

长史王濛对支道林说："真长的清谈真是金玉满堂，丰富多彩。"支道林说:"既然是金玉满堂,为什么又要挑选言辞?"王濛说:"不是经过挑选,只是他应用言辞的地方本来就不多呀。"

八四

【原文】

王长史道江道群:"人可应有①,乃不必有;人可应无,己必无。"

【注释】

①可应有:指应该具备的各个方面。

【译文】

王濛评论江道群说:"别人所应该有的,他却不一定有;别人应该没有的,他自己一定没有。"

八五

【原文】

会稽孔沈、魏𫖮、虞球、虞存、谢奉并是四族之俊,于时之杰。孙兴公目之曰:"沈为孔家金,𫖮为魏家玉,虞为长、琳宗①,谢为弘道伏②。"

【注释】

①长、琳:长指虞存,字道长;琳指虞球,字和琳。宗:尊重,

推崇。

②弘道：谢奉，字弘道。伏：通"服"，敬佩。

【译文】
会稽郡孔沈、魏颛、虞球、虞存、谢奉五人同是四个家族中的英俊之才，当时的杰出人物。孙兴公评论他们说："孔沈是孔家的金子，魏颛是魏家的宝玉，至于虞家则应推崇道长、和琳的才识，谢家应敬佩弘道的美德。"

八六

【原文】
王仲祖、刘真长造殷中军谈，谈竟，俱载去。刘谓王曰："渊源真可①。"王曰："卿故堕其云雾②中。"

【注释】
①可：与前面第七十九则"可儿"的"可"同义，这里指才学可取，优良。按：殷渊源善谈玄理，谈论精微，为人所推崇。
②云雾：比喻蒙蔽人的东西，迷离恍惚的谈论。

【译文】
王仲祖与刘真长到中军将军殷渊源家清谈，谈完后，两人就一起乘车离去。刘真长对王仲祖说："渊源的言论真可意。"王仲祖说："你原来掉进了他设下的迷雾中。"

八七

【原文】

刘尹每称王长史云:"性至通而自然有节①。"

【注释】

①"性至"句:《晋书·王濛传》说,王濛"克己励行","虚己应物,恕而后行","喜愠不形于色",这大概就是所谓至通、有节。

【译文】

丹阳尹刘真长常常称赞长史王濛说:"他的性格最为通达,而且自然有节制。"

八八

【原文】

王右军道谢万石"在林泽中,为自遒①上";叹林公"器朗神俊";道祖士少"风领毛骨②,恐没世③不复见如此人";道刘真长"标云柯④而不扶疏⑤"。

【注释】

①遒:刚劲有力。按:谢万石善自炫耀,王羲之说他有"迈往之气"(勇往直前的气概)。

②毛骨：指容貌。
③没世：终生。
④标云柯：高耸入云的树枝。
⑤扶疏：枝叶茂盛。按：刘真长清高恬淡，性任自然，所以王羲之这样赞誉他。

【译文】

右军将军王羲之评论谢万石"在山林湖泽这种隐居地里，自然会刚劲超群"；赞叹支道林"胸襟开朗，精神俊逸"；评论祖士少"风姿骨相不同凡俗，恐怕一辈子不会再见到这样的人"；评论刘真长"像高耸入云的大树，枝叶并不繁茂"。

八九

【原文】

简文目庾赤玉："省率治除。"谢仁祖云："庾赤玉胸中无宿物①。"

【注释】

①宿物：积物，旧物。

【译文】

简文帝评论庾赤玉："他爽直坦率，修身自爱。"谢仁祖说："庾赤玉心里不存芥蒂。"

九〇

【原文】

殷中军道韩太常①曰:"康伯少自标置②,居然③是出群器。及其发言遣辞,往往有情致。"

【注释】

①韩太常:韩伯,字康伯,是殷中军(殷浩)的外甥,曾任吏部尚书。后升任太常,尚未到任就病死了。
②标置:自视甚高。
③居然:显然。

【译文】

中军将军殷浩称道太常韩康伯说:"康伯年轻时就自视甚高,显然是出类拔萃的人才。当他发表意见时,他的言谈辞藻,常常都有情趣。"

九一

【原文】

简文道王怀祖:"才既不长①,于荣利又不淡,直以真率少许②,便足对③人多多许④。"

【注释】

①"才既"句:《晋书·王述传》载,王述(字怀祖)年轻时

性沉静，人以为痴。后任宛陵县令时，颇受赠遗，为州司所检。这大概就是这里说的内容。

②少许：一点儿。

③对：对当，相等。

④多多许：很多。

【译文】

简文帝称道王怀祖说："他在才能上既不突出，在名位利禄方面又很热心，可是只凭着他那一点真诚直率，就足以抵得上别人很多优点。"

九二

【原文】

林公谓王右军云："长史①作数百语，无非德音，如②恨不苦。"王曰："长史自不欲苦③物。"

【注释】

①长史：指王濛，曾任司徒左长史。擅长清谈。

②如：而，却。

③苦：是说使别人无话可说，陷入困境。

【译文】

支道林和尚对右军将军王羲之说："王长史讲了几百句，没有一句不合乎仁德的话，遗憾的是不能困住人家。"王羲之说："长史本来就不想困住人家。"

九三

【原文】
殷中军与人书，道谢万："文理①转遒，成殊不易。"

【注释】
①文理：文辞义理。《晋书·谢万传》说他"工言论，善属文"。

【译文】
中军将军殷浩给友人写信，称道谢万："文辞和义理变得越来越遒劲，取得这样的成就也很不容易。"

九四

【原文】
王长史云："江思悛思怀所通，不翅①儒域②。"

【注释】
①不翅：不啻，不止，不仅。
②儒域：儒学的领域。按：江思悛（quān）博览群书，综合儒学、道学，所以这里说"不翅儒域"。

【译文】
长史王濛说："江思悛思想上所通晓的，不止在儒学领域。"

九五

【原文】

许玄度送母始出都,人问刘尹:"玄度定称①所闻不?"刘曰:"才情过于所闻。"

【注释】

①称(chèn):相称。

【译文】

许玄度为送他母亲,才到京都,有人问丹阳尹刘真长:"许玄度究竟与传闻相称不相称?"刘真长说:"他的才华超过所传闻的。"

九六

【原文】

阮光禄云:"王家有三年少:右军、安期①、长豫②。"

【注释】

①安期:王应,字安期。
②长豫:王悦,字长豫。按:安期、长豫和王羲之(字逸少,曾任右军将军)是同一家族的,是诸多年少中选拔出来值得称道的。

【译文】

光禄大夫阮裕说:"王家有三位少年出名:逸少、安期、长豫。"

九七

【原文】

谢公道豫章①:"若遇七贤,必自把臂入林②。"

【注释】

①豫章:指谢鲲,字幼舆,曾任豫章太守。喜好道学,不修边幅,放荡不羁。

②七贤:指阮籍、嵇康等竹林七贤。把臂:拉着手,表示亲密的意思。按:这句指谢鲲也会成为七贤一类的人。

【译文】

谢安称道豫章太守谢鲲说:"他如果遇到七贤,一定会与他们手拉手地进入竹林同游。"

九八

【原文】

王长史叹林公:"寻微①之功,不减辅嗣②。"

【注释】

①寻微:探索深奥微妙的玄理。

②辅嗣：王弼，字辅嗣。按：支道林是和尚，也潜心玄学，是当时的名僧。

【译文】

长史王濛赞赏支道林说："他探寻玄理的能力，不比王辅嗣逊色。"

九九

【原文】

殷渊源在墓所几十年①。于时朝野以拟管、葛②，起不起③，以卜江左兴亡。

【注释】

①"殷渊源"句：殷浩，字渊源，年轻时就有美名，善谈玄理。曾出任官职，后称病，隐居在祖坟的陵园中，将近十年。几（jī）：将近。

②管、葛：管指管仲，春秋时人，辅助齐桓公成为霸主；葛指诸葛亮。两人都是古代名相。

③"起不起"句：起，指出来做官。殷浩素有盛名，江左人士认为他有宰相之才，他的出仕与否，关系着东晋的兴亡。

【译文】

殷渊源在陵园中隐居了将近十年。在这期间，朝廷内外的人士都把他比拟为管仲和诸葛亮，根据他出仕还是退隐，来预测东晋政权的兴衰存亡。

一〇〇

【原文】

殷中军道右军:"清鉴贵要①"。

【注释】

①清鉴贵要:清鉴,指清高,有鉴识;贵要,指尊贵扼要。

【译文】

中军将军殷浩称道右军将军王羲之:"他有精辟的见解,而且尊贵,能抓住要点。"

一〇一

【原文】

谢太傅为桓公司马①。桓诣谢,值谢梳头,遽取衣帻。桓公云:"何烦此!"因下②共语至暝。既去,谓左右曰:"颇曾见如此人不?"

【注释】

①"谢太傅"句:谢安四十多岁时,仍隐居会稽。征西大将军桓温请他出任司马,他才离家赴任。

②下:指下堂到谢安梳头的地方去。

【译文】

太傅谢安出任桓温的司马。有一次,桓温去拜访谢安,正碰上谢安在梳头,谢安就急忙去取衣服、头巾来穿戴。桓温说:"何必为这事麻烦!"便下堂去和他一直谈到晚。桓温出门后,问随从:"你们可曾见过这样的人吗?"

一〇二

【原文】

谢公作宣武司马,属门生数十人于田曹中郎①赵悦子。悦子以告宣武,宣武云:"且为用半。"赵俄而悉用之,曰:"昔安石在东山,缙绅敦逼,恐不豫人事②。况今自乡选,反违之邪?"

【注释】

①田曹中郎:掌管农事的官。
②"昔安石"三句:据《晋书·谢安传》载,谢安隐居会稽时,扬州刺史厦冰想请他任职,"累下郡县敦逼,不得已赴召,月余告归"。缙(jìn)绅,指官员。豫,参加。

【译文】

谢安出任桓温司马时,把几十个门生嘱托给田曹中郎赵悦子。悦子把这件事告诉桓温,桓温说:"暂时任用一半。"赵悦子不久就把这些人全部录用了,他说:"过去安石在东山隐居时,郡县的官员敦促、逼迫他出仕,唯恐他不过问政事。况且现在是他自己从家乡选来的人,怎么反而不依从他呢?"

一〇三

【原文】

桓宣武表云:"谢尚神怀挺率①,少致民誉。"

【注释】

①神怀挺率:指胸怀正直坦率。

【译文】

桓温呈上的奏章说:"谢尚胸怀正直坦率,年轻时就获得人们的赞誉。"

一〇四

【原文】

世目谢尚为令达①,阮遥集云:"清畅②似达。"或云:"尚自然令上。"

【注释】

①令达:指品德美好,心胸旷达。
②清畅:指德行高尚,通达事理。

【译文】

世人评论谢尚是美好旷达。阮遥集说:"他高雅疏放似乎很通达。"又有人说："谢尚是不做作，美好，优异。"

一〇五

【原文】

桓大司马①病，谢公往省病，从东门入。桓公遥望，叹曰："吾门中久不见如此人！"

【注释】

①桓大司马：桓温在晋哀帝隆和初年，加侍中、大司马职，其时谢安早已离开桓温幕府。

【译文】

大司马桓温生病，谢安去探望，从东门进去。桓温远远看见，叹息说："我家里很久不见这样的人物了！"

一〇六

【原文】

简文目敬豫为"朗豫①"。

【注释】

①朗豫：指本性开朗，心情和悦。

【译文】

简文帝评王敬豫是开朗而且心气和悦的人。

一〇七

【原文】

孙兴公为庾公参军,共游白石山,卫君长在坐。孙曰:"此子神情都不关山水①,而能作文。"庾公曰:"卫风韵②虽不及卿诸人,倾倒处亦不近③。"孙遂沐浴④此言。

【注释】

①"此子"句:不关山水是讥议,会欣赏山水才是名士风流。
②风韵:风度韵味。
③近:浅近,平常。
④沐浴:指浸润其中。

【译文】

孙兴公任庾亮的参军时,他和庾亮一起去游白石山,卫君长当时也在场。孙兴公说:"这个人的神情一点也不关心山水风景,却能做文章。"庾亮说:"卫君长风度韵味虽然比不上你们这些人,可是令人心悦诚服的地方也很突出。"孙兴公于是就反复吟味这句话,深受教育。

一〇八

【原文】

王右军目陈玄伯①:"垒块②有正骨。"

【注释】

①陈玄伯:陈泰,字玄伯。

②垒块:块垒,郁积在心中的愤慨。

【译文】

右军将军王羲之评陈玄伯:"愤世嫉俗,正义刚直。"

一〇九

【原文】

王长史云:"刘尹知我,胜我自知①。"

【注释】

①"刘尹"二句:据《晋书·王濛传》载,王濛和刘惔很友好,"惔常称濛性至通,而自然有节",王濛就说了这句话。

【译文】

长史王濛说:"刘尹了解我,超过我对自己的了解。"

一一〇

【原文】

王、刘听林公讲,王语刘曰:"向高坐①者,故是凶物②。"复更听,王又曰:"自是钵釪后王、何人也③。"

【注释】

①高坐：讲席。

②凶物：凶恶的人，指违背佛法的人。

③"自是"句：意指佛教徒中的王弼、何晏。王、何二人是著名的玄学家，支道林也善谈玄理，所以把他比作王、何。钵釪（bō yú）：即钵盂，和尚用的饭碗，这里佛教徒。

【译文】

王濛、刘惔听支道林和尚宣讲经时，王濛对刘惔说："刚才坐在台上宣讲的人，原来是个违背佛法的。"再听下去，王濛又说："原来是佛门后世中的王弼、何晏啊。"

———

【原文】

许玄度言："《琴赋》①所谓'非至精者，不能与之②析理'，刘尹其人③；'非渊静④者，不能与之闲止⑤'，简文⑥其人。"

【注释】

①《琴赋》：作者是魏朝的嵇康。

②之：原文是指琴，这里用以指人。

③"刘尹"句：指刘惔是至精的人。刘惔精通道学，善谈玄理，受到名流敬重。

④渊静：沉静。

⑤闲止：闲居，安居无事。
⑥简文：据《晋书·简文帝纪》载，他"清虚寡欲，尤善玄言"，所以这里用渊静来评价他。

【译文】
许玄度说："《琴赋》中所说的'不是最精通的人，不能同他一起辨析事理'，刘尹就是这样可与他辨析事理的人；'不是沉静的人，不能同他一起安居'，简文帝就是这样能同他安居的人。"

一一二

【原文】
魏隐兄弟少有学义①，总角诣谢奉。奉与语，大说之，曰："大宗②虽衰，魏氏已复有人。"

【注释】
①学义：学识。
②大宗：尊称宗族。

【译文】
魏隐兄弟从小就有学识，童年时去拜见谢奉。谢奉同他们谈话，十分喜欢他们的谈吐，说："魏氏宗族虽然已经衰微，但是又有了继承人了。"

一一三

【原文】

简文云:"渊源语不超诣简至①,然经纶②思寻处,故有局陈③。"

【注释】

①超诣:造诣很高。简至:简练,简要。
②经纶:整理丝线,编成绳子,比喻组织、处理。
③局陈:局阵,布局。

【译文】

简文帝说:"殷渊源的话语并不高超也不简要精到,可是他认真斟酌、思考过的话,的确也很有章法。"

一一四

【原文】

初,法汰①北来,未知名,王领军②供养之。每与周旋行来③,往名胜许,辄与俱。不得汰,便停车不行。因此名遂重。

【注释】

①法汰：和尚名。当时北方受外族侵扰，法汰渡江到扬州。

②王领军：王洽，字敬和。王导的儿子，曾任吴郡内史，后召为中领军，寻加中书令，他没有接受任命。

③行来：来往。

【译文】

当初，法汰从北方来到南方的时候，不怎么出名，中领军王洽供养他。王洽常常和他应酬来往，到名胜地方出游，总是和他一起去。如果法汰没有来，王洽就停车不走。因此法汰的声望便大起来了。

一一五

【原文】

王长史与大司马书，道渊源："识致安处①，足副时谈。"

【注释】

①识致安处：有见识情趣，安适地居住、生活。

【译文】

长史王濛写给大司马桓温一封信，评论殷渊源："他有见识，有情致，又悠闲自得，足以符合当代的评论。"

一一六

【原文】

谢公云:"刘尹语审细①。"

【注释】

①审细:精密细致。按:有评刘惔"言必珠玉",这就是审细的结果。

【译文】

谢安说:"刘尹的谈论谨慎精细。"

一一七

【原文】

桓公语嘉宾:"阿源①有德有言,向使作令仆,足以仪刑②百揆③。朝廷用违其才耳④。"

【注释】

①阿源:指殷渊源。
②仪刑:仪式法则,这里指做榜样。
③百揆:百官。
④"朝廷"句:殷渊源好道学,善清谈,本非将才。可是朝廷

想平定中原，竟任他为中军将军、都督五州军事，举兵北征，结果大败。

【译文】

桓温对郗嘉宾说："阿源德行高洁，又善于清谈，当初如果让他做辅弼大臣或仆射，足以成为百官的模范。只是朝廷不按他的才能任用他啊。"

一一八

【原文】

简文语嘉宾："刘尹语末后亦小异，回复其言，亦乃无过。"

【译文】

简文帝对郗嘉宾说："刘尹清谈的最后部分与前面所说稍有不同，但是反复回味他的话，却也没有错。"

一一九

【原文】

孙兴公、许玄度共在白楼亭，共商略先往名达①。林公既非所关，听讫云："二贤故自有才情。"

【注释】

①商略：品评，评论。名达：贤达。

【译文】

孙兴公、许玄度一起在白楼亭上,评论先前的名流贤达。支道林对这些并不是很关心,听完后,他只说:"两位贤才的确有才华。"

一二〇

【原文】

王右军道东阳①:"我家阿林,章清太出。"

【注释】

①东阳:即下文的阿林,林应是"临",指王临之,曾任东阳太守,与王羲之是同一家族的。

【译文】

右军将军王羲之评论东阳太守王临之说:"我们家的阿临,显明、高洁,实在太显著突出了。"

一二一

【原文】

王长史与刘尹书,道渊源:"触事长易。"

【译文】

长史王濛给丹阳尹刘惔写信,称道殷渊源:"由于处理政事,研究《易经》的水平也有所提高。"

一二二

【原文】
谢中郎云:"王脩载乐托①之性,出自门风②。"

【注释】
①乐托:同"落拓",豪放,不拘小节。
②门风:指一家世代流传的准则、风习,犹家风。

【译文】
从事中郎谢万说:"王脩载那种豪放不羁的性格,是来自他的家风。"

一二三

【原文】
林公云:"王敬仁是超悟人。"

【译文】
支道林说:"王敬仁是有超常领悟能力的人。"

一二四

【原文】

刘尹先推谢镇西,谢后雅重刘,曰:"昔尝北面①。"

【注释】

①北面:脸朝北,表示师事对方。

【译文】

丹阳尹刘惔先前推崇镇西将军谢尚,谢尚后来也非常敬重刘惔,说:"过去我曾经向他学习过。"

一二五

【原文】

谢太傅称王脩龄①曰:"司州可与林泽游。"

【注释】

①王脩龄:王胡之,字脩龄,朝廷曾召为司州刺史,还没有就任就病死了。故下文称他为司州。他常不问世事,追求清高。

【译文】

太傅谢安称赞王脩龄说:"司州这个人可以和他一起隐居纵情山水之间。"

一二六

【原文】
谚曰:"扬州独步王文度,后来出人郗嘉宾①。"

【注释】
①"扬州"二句:《晋书·王坦之传》载:"时人为之语曰:'盛德绝伦郗嘉宾,江东独步王文度。'"独步,超群出众,独一无二。

【译文】
谚语说:"扬州地区的独特人才是王文度,后辈中出人头地的是郗嘉宾。"

一二七

【原文】
人问王长史江虨兄弟群从①,王答曰:"诸江皆复足自生活②。"

【注释】
①群从:指堂房兄弟子侄辈。据载,江虨和弟弟、堂弟都有德行,知名于世。
②生活:生存,自立。

【译文】

有人问长史王濛关于江虨兄弟及堂兄弟的情况,王濛答道:"江家诸位兄弟子侄都完全能够自立。"

一二八

【原文】

谢太傅道安北①:"见之乃不使人厌,然出户去,不复使人思。"

【注释】

①安北:指王坦之,死后追赠安北将军。他坦率直言,曾经苦谏过谢安。

【译文】

太傅谢安评论安北将军王坦之说:"看见他并不令人生厌,但是走了以后,也不再让人思念他。"